《阅读中华经典》编委会

主　编　傅璇琮

副主编　黄道京　马晓乐

编　委　（以姓氏笔画为序）

于景明　马晓乐　刘　霞　李济光

宋忠泽　张　蔚　张洪流　张爱美

战　英　徐　利　黄道京　葛玉莹

葛斌文　傅璇琮

元杂剧

徐明 编著

从恪守封建道德到否定天地鬼神，从反抗张驴儿到反抗楚州太守，进而反抗整个黑暗官场，斗争的目标越来越大。窦娥的反抗性格，集中体现了人民反抗封建压迫的斗争意志，具有激励被压迫者奋起抗争的精神力量。

【阅读中华经典】

主编 傅璇琮
副主编 黄道京 马晓乐

泰山出版社

图书在版编目（ＣＩＰ）数据

元杂剧/傅璇琮主编. —济南：泰山出版社，
2007.4 （阅读中华经典）
ISBN 978－7－80634－589－4

Ⅰ.元... Ⅱ.傅... Ⅲ.杂剧—剧本—作品集—中
国—元代—青少年读物 Ⅳ.I237.1

中国版本图书馆 CIP 数据核字（2006）第 138632 号

主　　编　傅璇琮
编　　著　徐　明
责任编辑　葛玉莹
装帧设计　胡大伟

阅读中华经典

元杂剧

出　　版　泰山出版社
　　　　　社　　址　济南市马鞍山路58号　邮编　250002
　　　　　电　　话　总编室（0531）82023466
　　　　　　　　　　发行部（0531）82025510　82020455
　　　　　网　　址　www.tscbs.com
　　　　　电子信箱　tscbs@sohu.com
发　　行　新华书店经销
印　　刷　山东海博印务有限公司
规　　格　150×228mm　16开
印　　张　12.25
字　　数　120千字
版　　次　2007年4月第1版
印　　次　2016年1月第3次印刷
标准书号　ISBN 978-7-80634-589-4
定　　价　19.00元

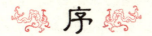

序

傅璇琮

　　这套《阅读中华经典》，是打算将我国具有悠久历史而又绚烂多彩的古典文学作品系统地介绍给广大青少年，通过注释、今译和赏析，努力克服语言和文化知识方面的一些困难，让青少年能直接接触古典文学的精华，使他们从少年时代起就对我们伟大祖国的光辉文明有清晰的了解和深切的印象。

　　广大青少年在当前改革、开放的新时期中，思想非常活跃。他们迫切需要了解社会、了解自身，他们希望了解世界的历史和现状，更希望了解中国的历史和现状。中国是一个文明古国，又处在变化发展十分强烈的当今世界中，青少年一定会从现实的千变万化、五光十色中来探索我们民族过去走过的道路，想了解这个有数千年历史的传统文化怎样给现实以投影。我们觉得，在这当中，古典文学会首先引起他们的注意和兴趣。

　　据说，多年前，北京有一所工科学院，它的专业与唐诗宋词没有多大关系，但学校却为学生开设了一门唐诗宋词的选修课，结果产生了原来预想不到的效果。学生们读完了这门课程，激发了爱国心和民族自豪感。他们知道世界上除了托尔斯泰、雨果、海明威之外，在我国历史上早就有了屈原、李白、杜甫、陆游、辛弃疾等许多非常伟大的文学家，早就有了无数优秀文学作品。这就向我们启示：在古典文学界，除了专门论著之外，还应做大量的普及工作。我们应当力求用通俗、生动、准确、优美的文笔，向广大群众、广大青少年介绍我国丰富的文学遗产，介绍我国数千年的历史长河中涌现出来的众多优秀作家、艺术家，介绍我国古代作品中的精品，使他们懂得我们民族的文学中自有它的瑰宝，足可与世界各国的文学相媲美，使他们开阔眼界，增长见识，提高文化素养和审美趣味。这对于培育爱国主义思想，加强对祖国和民族的热爱，提高道德情操，丰富精神文化生活，都会起很大的作用。列宁曾说过，只有用人类创造的全部知识财富来丰富自己的头脑，才能成为共产主义者。在一定的条件下，知识是可以转化成觉悟，转化成品格的。有着较高文化素养的人，对于正确与错误，高尚与卑鄙，善与恶，美与丑，更易于作出准确的价值选择。而文化素养中，文学是不可或缺的部分，它往往能在潜移默化、对世界美好事物的多方面领略和摄取中影响人的内心和精神面貌。这是文学的社会功能的特点，也可以说是它自己的规律，这是一种整体性的修养和培育。

这套《阅读中华经典》是我国古典文学启蒙读物，就是从上面所说的宗旨出发，一是介绍知识，二是提供对古典佳作的一种美的选择，美的品尝。如果广大读者特别是青少年能从中得到某些启发，从而有助于自身文化素养和情操的提高，这将是我们最大的满足。

这套读物是采取按时代编排的做法，远起上古神话，下及《诗经》、楚辞、先秦散文、秦汉辞赋、乐府古诗、唐诗宋词、元明清诗文及戏曲小说。这样成系统地类似于教材编写的做法，能否为大家接受？我们认为：第一，这是一次试验，我们想用这种大剂量的做法来试试我们处于新时期的青少年的胃口和消化能力；我们对他们的接受能力和审美水平有充分的信心。第二，我们采取既有系统又分册出版的办法，在统一编排中照顾到一定的灵活性，读者可以根据自己的爱好，选择自己感兴趣的一部分阅读，不必受时代先后的束缚，兴趣有了提高，可以逐步扩大阅读范围。第三，广大教师和家长们一定能给予正确的指导。目前，中小学语文课本中古典作品的分量不多，这套读物正好对此做必要的补充，青少年应当可以在语文课之外获得更多的知识，而老师们和家长们的正确引导和指点，无疑会进一步消除阅读中的难点，从而提高阅读的兴趣。如果老师们和家长们能事先浏览，再进而做具体的帮助，则这套读物应当更能发挥其系统化的优点。

对作品的注释，考虑到青少年读者的特点，将尽可能浅显，这是克服语言障碍的最基本一环。今译的目的，一是补充注释之不足，使读者对文意能有连贯的了解；二是增加阅读的兴味，使读者对原作的思想和艺术有一个整体的感受。另外，我们还尽可能帮助读者做一些分析，以有助于认识和欣赏作品的思想意义和艺术价值。同时，结合每一时期的文学发展和文体演变，我们还做了一些文学史知识介绍。这些介绍是想对学校教学因课时所限做若干辅助讲解，青少年如能对这些方面的知识有一个大致的掌握，对进一步了解古典文学的历史发展和不同风貌，一定会有较大帮助。

最后应当说明的是，参加这套读物选注工作的，大多是中青年作者。他们在繁忙的本职工作之余，从事于此，有时往往为找

到一个词语的正确答案跑图书馆翻书，找人请教，表现了认真负责的态度和普及文化知识的可贵热情。

　　另外，这套丛书能与广大青少年读者见面，是和泰山出版社的大力支持分不开的，他们为此付出了辛勤的劳动。在这里谨向他们表示深深的谢意！

元杂剧

前言

  大约在公元十三至十四世纪前后，我国出现了一个戏剧发展的高峰，这就是中国戏剧的黄金时代——元杂剧。在元代，杂剧创作出现了空前繁荣的局面，当时剧作家的总数有二百多人，见于书面记载的作品将近六百本，恰如万卉争艳，各呈芬芳。元杂剧以它鲜明的倾向和独特的体制称雄元代文坛，并影响着后代戏剧，这些成就在中国文学史和戏剧发展史上都是十分辉煌的。元杂剧的产生和发展不是偶然的，这是我国戏曲艺术不断发展的结晶。我们阅读元杂剧，应对中国戏剧的发展概况和演变规律有一个大致的了解。

  中国戏曲有着悠久的历史，最早可以追溯到原始时代的歌舞，它是我国古代戏曲素来讲究的载歌载舞的渊源。随着阶级社会的出现，巫风盛行。"巫"就是自称能以舞降神的人。这些人充当神的代言人并装扮起来模仿鬼神，它对后来戏剧的代言体和装扮角色有一定影响。春秋时代产生了以歌舞、滑稽表演为业的职业艺人"优"、"俳优"等，他们说话幽默风趣，能言善辩，可以说是我国古代戏剧"宾白"的初源，也是我国早期滑稽艺术的创造者。木偶戏古代叫"傀儡戏"，它在人物出场时的自报家门的表演方式以及脸谱等，也给后来的戏剧以影响。

  汉代出现的百戏使我国的戏剧事业从胚胎期发展到了萌芽出土期。百戏是古代乐舞杂技表演的总称，它有丰富的内容和复杂的形式，还接受了西域文化对它的影响，出现过《东海黄公》

元杂剧

那样的节目。三国时期，我国戏曲已发展到了男扮女装的新阶段，这是中国古代戏曲史上独特的现象，出现了《辽东妖妇》一类的节目。汉魏以来，在民间流行的平调、清调、杂曲等都对后来的戏剧音乐产生了影响。南北朝时，涌现了"代面"、"踏摇娘"、"参军"等表现一定人物和情节的歌舞戏。它把武打、念白、舞蹈等合为一体，并有音乐伴奏，这说明它已经接近戏剧的雏形了。

从唐代到宋金时期，是我国戏剧的形成期。"燕乐"集中了隋唐时期民间和外来乐曲的成就，完成了中国音乐声律的大转变，无杂剧的乐调主要就是按它的宫调分配的。变文、传奇小说、话本小说等也为戏剧提供了丰富的题材。参军戏更加盛行，演奏、舞蹈、歌唱等表演技巧也有了惊人的发展。这时的各种艺术，如曲、词、诗歌、绘画、雕塑等都获得了高度的发展，它们从多方面推动了戏剧的诞生。到了宋代，杂剧这种形式便出现了，宋杂剧是在唐参军戏和歌舞杂戏的基础上发展起来的。金代还产生了"院本"，这是行院演出时所用的舞台本（金代人称艺人的住处为"行院"）。不过，仅仅有宋杂剧和金院本仍然不能形成完备的戏剧形式，它还需要吸收说唱文艺才能达到成熟的地步。宋金时代，民间流行着一种诸宫调，它以唱词为主，间以说白，用不同宫调的不同曲子来叙述一个较长的完整故事，这对元杂剧影响很大。王实甫的《西厢记》就是以董解元的《西厢记诸宫调》为蓝本创作的。

"杂剧"这个名词最早出现在晚唐，最初是一个总的、概括的名称，指的是各式各样以杂剧为名的表演形式，其特点各有不同。宋金两代都有杂剧，但所包括的内容，仍然不是纯粹的戏剧。只有到了元代，人们将宋杂剧、金院本、诸宫调以及多种词曲技艺融合在一起,才终于创造了元杂剧这种成熟的戏剧形式。由于"杂剧"这一名称流传已久,因此,元杂剧仍然沿用了它,到后来便单独占用了这个名称。

元杂剧的形成是我国历史上各种表演艺术发展的结果,同时也是时代的产物。

元灭金以后,科举考试停顿了八十年之久,文人从科举进身的道路被堵塞了。大多数读书人生活下降,社会地位低下到与娼妓、乞丐为伍的境地。他们既不甘心于才能的埋没,又不能不为生活谋一条出路。于是,有些人走到人民中间,和民间艺术结合起来。这些人饱经了社会苦难,又为人民的斗争所激励,因而挥动饱蘸血泪的大笔,写下了时代的黑暗与辛酸,写出了人民的愤怒和呼声,创造出既有高度文学价值,又有适应舞台演出的剧本。

元代城市经济的繁荣也为杂剧的兴盛准备了充裕的物质条件。适应统治者宴乐和广大市民文化娱乐的要求,在大都(今北京)、杭州等大都市出现了"勾栏瓦肆"(类似今天的剧场)和一流的戏班,并涌现出不少优秀的表演艺术家。元代统治者对文艺思想控制的松懈,客观上造成了有利于杂剧艺术发展的相对宽松自由的文化环境。异族的入侵,也使传统的儒家思想受到了冲击,剧作家思想比较解放。总之,元杂剧的产生和发展是那个历史时期的社会条件和文化条件的产物,是广大人民群众智慧的结晶。

元杂剧的发展大致可分为前、后两期。

前期自1234年元灭金以后到元大德年间(1297～1307),这是元杂剧的兴盛期,最有代表性的作家有:

关汉卿：中国戏剧的奠基人，共作杂剧六十余种，居元代作家第一位。他是元杂剧作家中"本色派"的代表。古人推他为杂剧之祖，后人称他为"梨园领袖"。主要代表作有：《窦娥冤》、《救风尘》、《望江亭》、《单刀会》、《蝴蝶梦》等。

王实甫：元代杰出的杂剧家，所作杂剧四十一种，《西厢记》是其代表作。作品以讲究文辞见长，是元杂剧作家中"文采派"的代表，古人比之为"花间美人"。

马致远：元代散曲大家，也是杂剧的巨匠，所著杂剧13种，代表作是《汉宫秋》。他还有以神仙道化为题材的作品，但思想内容比较消极。

白朴：元代优秀的杂剧家，以文采见长，文字典雅华丽，精密细巧，作杂剧十五种，代表作有《梧桐雨》、《墙头马上》。

纪君祥：元代著名杂剧作家，有剧作六种，他的代表作《赵氏孤儿》是元杂剧中最有名的历史剧之一，从十八世纪起就风行欧洲。

康进之：元代著名杂剧作家，有剧作二种，代表作《李逵负荆》是元代水浒传戏中最杰出的一部作品。

《张生煮海》、《柳毅传书》的作者分别是李好古和尚仲贤，他们致力于神话剧的创作，较有成就；擅长写家庭剧和爱情剧的杨显之和石君宝，分别创作了《潇湘夜雨》和《秋胡戏妻》；《虎头牌》是女真族作家李直夫的代表作；人称"小汉卿"的高文秀编写出水浒戏《双献功》；以上这些都是前期著名的作家和作品。

前期作家大都是北方人，出身多是一些没有社会地位的下层文人和民间艺人，他们以大都为活动中心，其作品具有深刻的现实性和强烈的时代感，揭露了元代社会的黑暗现实，歌颂了人民的反抗精神,有些作品还洋溢着昂扬、乐观的战斗精神。这一时期,名家迭现,人才辈出,他们的作品题材广泛,风格多样,流传至今的作品最多,质量也较高,呈现出杂剧创作的繁荣局面。

后期从大德年间算起,到1368年元朝灭亡为止,重要代表作家有:

郑光祖:元曲四大家之一,所作杂剧十八种,代表作《倩女离魂》是元杂剧后期的佳作,作品的风格近似王实甫。

宫天挺:他和郑光祖同时,也是一位较有成就的杂剧作家,写过六种杂剧,《范张鸡黍》是其代表作,风格和马致远的杂剧相近。

乔吉:元代著名杂剧作家,作剧十一种,代表作有《两世姻缘》、《扬州梦》,他以词藻美丽著称,同时,他还是戏剧理论家。

秦简夫:著名杂剧作家,作剧五种,《东堂老》是其代表作。

元代后期作家还有萧德祥、金仁杰、范康、王晔等,他们的杂剧成就很低,有的作品还明显地宣传封建道德和宗教迷信。朱凯的《孟良盗骨》还有一定的社会意义。

此外,在元杂剧中还有一些作家姓名无法考定的作品,其中《陈州粜米》、《货郎担》等较有影响。

元代后期的杂剧创作中心由大都南移到杭州。作家大多是浙江人或北方籍而流寓到南方的。这一时期,名家不多,作品的数量和质量都不及前期。多数作品缺乏前期杂剧的现实性和战斗性,题材也较狭窄,多取自历史或风情故事,刻意追求词藻的工丽华美和情节的曲折离奇,艺术上比较平庸。这时的杂剧创作处于一种衰微的状态。

元代是我国戏剧第一个丰收季节,众多的杂剧比较广泛地反映了当时的社会生活和人民的愿望。下面就元杂剧所反映的思想内容作一个粗略的分类。

一、歌颂人民的反抗斗争,揭露社会黑暗和统治者的残暴,反映了当时尖锐的阶级矛盾的作品,如《窦娥冤》、《陈州粜米》等。

二、揭露封建礼教对青年自由幸福的摧残,赞扬青年男女对爱情的追求以及他们的斗争和胜利,如《西厢记》、《倩女离魂》等。

三、描写上层妇女的生活和斗争,突出她们在斗争中的勇敢和机智,如《救风尘》等。

四、歌颂敢于斗争、敢于胜利的英雄人物,如《单刀会》、《李逵负刑》等。

五、以历史题材来表现爱国主义思想,表彰忠良,抨击奸佞,歌颂为正义复仇的剧目,如《汉宫秋》、《赵氏孤儿》等。

当然,以上的分类只不过是勾勒出一个粗糙的轮廓而已,如果从戏剧样式来看,还可以分为正剧、悲剧、喜剧等。

元代杂剧与前代文学相比有许多不同点,它反映社会生活更为广阔,作品所描写的形象也更为多样,上至最高统治者,下到市井小民无所不写,无所不有,作家的笔尖几乎触及社会的各个角落。这里有苦雨凄风的场面,也有鸟语花香的美景;我们可以看到妇女的悲惨遭遇,也能听到人民反抗黑暗统治,追求自由幸福的呼声。通过它,元代社会的生活图景就一幅幅映入了我们的眼帘。在元杂剧中,由于元朝统治者的高压政策,出现了不少历史剧、传说剧。这类剧不过是用借古喻今的曲折方式表现出强烈的时代精神,这也是元杂剧的一个显著特色。

元杂剧的艺术特色也是比较突出的,剧本结构完整,情节紧凑,戏剧冲突强烈,塑造了一大批个性鲜明的人物,特别是把诸如庄稼汉、农民起义英雄、童养媳、妓女等一大批下层人物塑造为正面人物形象,这是一种前所未有的崭新的文学现象。

元杂剧的语言具有通俗化、口语化的特点,质朴自然,生动泼辣。它的唱词优美,宾白简洁,舞台动作巧妙。在艺术方法上,现实主义成为这一时代的主流,但也不乏呈现浪漫主义色彩的作品,少数作品已达到了现实主义与浪漫主义相结合的高度。

总的来说,元杂剧内容丰富,风格多样,作家如林,作品众多。七百年来,这个时期的剧作,被后人直接采用,或经过不同程度的润色、加工、改编,一直活跃在祖国的戏剧舞台上。它不仅为祖国的文学艺术宝库增添了奇光异彩,有的还赢得了国际声誉。自1735年以来,《窦娥冤》《赵氏孤儿》等剧本先后被译成法、英、日等国文字,对世界文学的发展产生了一定影响,为中外文化交流做出了积极的贡献。

在阅读这本书的时候,我们还应当注意,元杂剧毕竟是封建时代的艺术,而且还是我国戏剧的早期作品,它不可避免地存在着一些封建糟粕,如宣扬封建伦理和迷信思想等。这即使在优秀作品中也不能避免。因此,我们必须以批判继承的态度来对待它,取其精华,弃其糟粕,从它的思想价值和艺术成就中吸取营养,作为我们今天文学创作的经验和借鉴,古为今用,推陈出新,为繁荣我国社会主义文化事业发挥积极的作用。

本书承蒙中国社会科学院文学研究所侯光复同志审阅,谨此致谢!

目录

元杂剧

元
杂
剧

窦 娥 冤

关汉卿

　　关汉卿,号已斋叟,大都(今北京市)人,大约生于十三世纪初,卒于十三世纪末。他是我国古代最伟大的戏剧家,元杂剧的奠基人。关汉卿是元代剧坛前期的领袖。他以毕生精力从事杂剧创作。一生写了六十七种杂剧,保存到现在的有十几种(有几种是否关汉卿所作,研究者还有不同看法)。他还擅长舞台演出的各种技艺,有时也亲身参加演出。关汉卿还是一个著名的散曲作家,写了套曲十四套,小令五十七首。

　　关汉卿的杂剧题材广泛,内容丰富,从各个侧面反映了元代尖锐的社会矛盾。这些剧作大致可分为三类:一是揭露社会黑暗和统治者的强暴,歌颂人民的反抗斗争,如《窦娥冤》等悲剧;二是描写下层妇女生活和斗争的作品,突出了她们的勇敢和机智,带有喜剧色彩,如《望江亭》等;三是以历史上英雄人物的故事传说为题材,曲折地反映现实生活的历史剧,如《单刀会》等。关汉卿的杂剧代表了我国古典戏剧的最高成就,在中国文学史和戏剧史上享有崇高地位。他是我国、也是世界上最杰出的古代戏剧家之一。

关汉卿的代表作是《窦娥冤》，全剧的主要情节是：

窦娥幼年被抵债卖给高利贷者蔡婆婆做童养媳，她父亲去上朝应举。窦娥婚后，丈夫早亡，婆媳相依为命。蔡婆婆出门索要债务，险些被赛卢医勒死，为恶棍流氓张驴儿父子所救。张驴儿强逼窦娥与他成亲，窦娥严词拒绝。张驴儿企图毒死蔡婆婆，然后再霸占窦娥，不料弄巧成拙，误毒了自己的父亲。张驴儿借机要挟窦娥，窦娥不从，张驴儿向官府诬告窦娥。州官严刑逼讯，窦娥为救婆婆，屈认罪状，未经复审就被判处死刑。刑场上，窦娥叱天骂地，发下三桩誓愿，以表明冤屈：血溅白练；六月飞雪；亢旱三年。誓愿一一应验。三年后，窦娥的父亲窦天章任提刑肃政廉访使来复查案卷，窦娥的鬼魂向父亲申冤，并当堂对质。窦天章逮获了真凶，冤案终于得到了昭雪。

楔　子^①

（卜儿蔡婆婆上^②，诗云^③）花有重开日，人无再少年；不须长富贵，安乐是神仙。老身蔡婆婆是也^④，楚州人氏^⑤，嫡亲三口儿家属^⑥，不幸夫主亡逝已过^⑦，止有一个孩儿^⑧，年长八岁。俺娘儿两个，过其日月。家中颇有些钱财^⑨。这里一个窦秀才，从去年问我借了二十两银子，如今本利该银四十两。我数次索取，那窦秀才只说贫难，没得还我。他有一个女儿，今年七岁，生得可喜，长得可爱，我有心看上他，与我家做个媳妇，就准了这四十两银子^⑩，岂不两得其便。他说今日好日辰，亲送女儿到我家来。老身且不索钱去，专在家中等候。这早晚窦秀才敢待来也⑪。（冲末扮窦天章引正旦扮端云上⑫，诗云）读尽缥缃万卷书⑬，可怜贫杀马相如⑭；汉庭一日承恩召，不说当垆说子虚⑮。小生姓窦，名天章，祖贯长安京兆人也⑯。幼习儒业⑰，饱有文章；争奈时运不通⑱，功名未遂⑲。不幸浑家亡化已过⑳，撇下这个女孩儿，小字端云，从三岁亡了他母亲，如今孩儿七岁了也。小生一贫如洗，流落在这楚州居住。此间一个蔡婆婆，他家广有钱物；小生因无盘缠㉑，曾借了他二十两银子，到今本利该对还他四十两㉒。他数次问小生索取，教我把甚么还他㉓？谁想蔡婆婆常常着人来说㉔，要小生女孩儿做他儿媳妇。况如今春榜动，选场开㉕，正待上朝取应㉖，又苦盘缠缺少㉗。小生出于无奈，只得将女孩儿端云送与蔡婆婆做儿媳妇去。（做叹科㉘，云）嗨！这个那里是做媳妇，分明是卖与他一般，就准了他那先借的四十两银子，分外但得些少东西㉙，勾小生应举之费㉚，便也过望了㉛。说话之间。早来到他家门首㉜。婆婆在家么？（卜儿上，云）秀才，请家里坐，老身等候多时也。（做相见科。窦天章云）小生今日一径的将女孩儿送来与婆婆㉝，怎敢说做媳妇，只与婆婆早晚使用㉞。小生目下就要上朝进取功名去，留下女孩儿在此，只望婆婆看觑则个㉟（卜儿云）这等㊱，你是我亲家了。你本利少我四十两银子，兀的是借钱的文书㊲，还了你；再送与你十两银子做盘缠。亲家你休嫌轻少。（窦天章做谢科，云）多谢了婆婆。先少你许多银子，都不要我还了，今又送我盘缠，此恩异日必当重报㊳。婆婆，女孩儿早晚呆痴㊴，看小生薄面，看觑女孩儿咱㊵。（卜

元杂剧

儿云)亲家,这不消你嘱咐㊶,令爱到我家㊷,就做亲女儿一般看承他㊸,你只管放心的去。(窦天章云)婆婆,端云孩儿该打呵,看小生面则骂几句㊹;当骂呵,则处分几句㊺。孩儿,你也不比在我眼前,我是你亲爷㊻,将就的你㊼;你如今在这里,早晚若顽劣呵㊽,你只讨那打骂吃。儿哝㊾! 我也是出于无奈。(做悲科,唱)

【仙吕赏花时㊿】我也只为无计营生四壁贫㉛,因此上割舍得亲儿在两处分㉜。从今日远路洛阳尘㉝,又不知归期定准㉞,则落的无语暗消魂㉟。(下㊱)

(卜儿云)窦秀才留下他这女孩儿与我做媳妇儿,他一径上朝应举去了。(正旦做悲科,云)爹爹,你直下的撇了我孩儿去也㊲!(卜儿云)媳妇儿,你在我家,我是亲婆,你是亲媳妇,只当自家骨肉一般。你不要啼哭,跟着老身前后执料去来㊳。(同下)

① 楔(xiē)子:本是木匠用来塞紧器具缝隙的一种小木片,后来戏剧借用了这个名称。它是元杂剧在四折之外增加的短小独立的段落,其作用在于介绍人物、情节和加紧前后剧情的联系。

② 卜儿:元杂剧中扮演老妇人的角色名。上:上场。

③ 诗:元杂剧中,人物上场时往往先念几句诗,这叫"定场诗",以下四句就是。接着有一段独白,叙述人物的身世和行动的目的,这叫"定场白",它们的作用在于介绍剧情,安定观

元杂剧

众情绪。

④ 老身：老妇人自称。

⑤ 楚州：在今江苏省淮安县。

⑥ 嫡（dí）亲：指配偶或血统最亲的家属。

⑦ 夫主：丈夫。亡逝已过：死去。

⑧ 止：只，仅。

⑨ 颇（pō）有：相当有，很有。

⑩ 准：折合抵偿，折算。

⑪ 早晚：估量时间的词语。这早晚：这时候。敢待：大概，就要。

⑫ 冲末：杂剧的男角称为末。冲末是末类中的一种，杂剧角色名。正旦：杂剧女称为旦。正旦是旦类中扮演正面人物的主角。

⑬ 缥缃（piǎo xiāng）：缥，青白色的绸子；缃，浅黄色的绸子。古人多用这两种绸子包书或作书袋，后来就作书籍的代称。

⑭ 杀：同"煞"，表示程度的副词，甚，很的意思。贫杀：穷得很。马相如：即司马相如，汉代著名文学家，字长卿，成都人。他在临邛（qióng）做客，曾用琴声赢得了富豪卓王孙的女儿卓文君的爱慕，两人一起私奔到成都。当时，他生活一贫如洗。

⑮ 以上两句说：司马相如夫妇二人在成都开了个酒店，卓文君当垆（垆 lú 是酒店里安放酒瓮的土台子）卖酒，司马相如洗涤酒器。后来，汉武帝读了司马相如写的《子虚赋》，很赏识他的文才，就召他在朝中做了官。窦天章用这句话自比相如，说明他志在功名，而不在儿女私情。

⑯ 祖贯：祖籍，原籍。长安：即今陕西省西安市。京兆：这里

指京都。

⑰ 儒业：儒家学业。

⑱ 争奈：怎奈。

⑲ 功名未遂：应科举考试而没能考中做官。

⑳ 浑家：古典戏曲中妻子的通称。亡化已过：死去。

㉑ 盘缠：日常生活费用。

㉒ 对还：对本对利，加倍偿还。这是元代高利贷剥削的一种方式，叫"羊羔儿息"。

㉓ 甚么：什么。

㉔ 着：教，使。

㉕ 春榜动，选场开：封建时代的进士考试和发榜都在春季，因此叫春榜。选场即考场。这两句说进士考试即将举行。

㉖ 上朝取应：到京城参加进士考试。

㉗ 盘缠：这里指路费。

㉘ 叹科：演员做出悲叹的表情和动作。

㉙ 分(fèn)外：另外，额外。这句是说还可以额外得到一些东西。

㉚ 勾：同"够"。

㉛ 过望：超过期望。

㉜ 早：已经。

㉝ 一径：一直，直接。

㉞ 早晚：这里是随时的意思。

㉟ 看觑(qù)：照顾。则个：语气助词，无义。

㊱ 这等：这样。

㊲ 兀(wù)的：指示代词，这，这个。

㊳ 异日：他日，将来。

㊴ 早晚：有时候的意思。呆痴：愚笨，不懂事。

㊵ 咱：语气助词，表示希望和请求。

㊶ 不消：不必，无须。

㊷ 令爱：对别人女儿客气的称呼。

㊸ 看承：看待。

㊹ 则：就。

㊺ 处分：这里是开导、叮嘱的意思。

㊻ 爷：指爸爸。

㊼ 将就：迁就。

㊽ 顽劣：愚顽恶劣。

㊾ 哕(hù)：语气词，略同于"呵"。

㊿ 【仙吕赏花时】：仙吕，戏曲宫调名称。宫调好比是现代音乐中的 C 调、D 调等乐调一样。赏花时：是仙吕调的一个曲牌。

○51 无计营生：没有办法赚钱养家糊口。四壁贫：形容穷到极点，只剩下四面墙壁。

○52 亲儿：父亲和女儿。

○53 远路洛阳尘：从很远的地方到京城去应考。洛阳：东汉时的都城，这里泛指京城。

○54 定准：准确的日期。

○55 无语暗消魂：说不出话来，灰心失望的样子，形容离别时心里非常难过，像掉了魂一样。

○56 下：指演员下场。

○57 直：竟然。下的：舍得，忍得。

○58 执料：操持料理，指做家务活。来：语尾助词。无义。

第 一 折①

（净扮赛卢医上②，诗云）行医有斟酌③，下药依本草④，死的医不活，活的医死了。自家姓卢，人道我一手好医，都叫做赛卢医，在这山阳县南门开着生药局⑤。在城有个蔡婆婆⑥，我问他借了十两银子，本利该还他二十两，数次来讨这银子，我又无的还他。若不来便罢，若来呵，我自有个主意。我且在这药铺中坐下，看有甚么人来？（卜儿上，云）老身蔡婆婆。我一向搬在山阳县居住，尽也静办⑦。自十三年前窦天章秀才留下端云孩儿与我做儿媳妇，改了他小名⑧，唤做窦娥。自成亲之后，不上二年，不想我这孩儿害弱症死了⑨。媳妇儿守寡，又早三个年头，服孝将除了也⑩。我和媳妇儿说知，我往城外赛卢医家索钱去也。（做行科，云）蓦过隅头⑪，转过屋角，早来到他家门首。赛卢医在家么？（卢医云）婆婆，家里来。（卜儿云）我这两个银子长远了⑫，你还了我罢。（卢医云）婆婆，我家里无银子，你跟我庄上去取银子还你。（卜儿云）我跟你去。（做行科）（卢医云）来到此处，东也无人，西也无人，这里不下手等甚么？我随身带的有绳子。兀那婆婆⑬，谁唤你哩？（卜儿云）在那里？（做勒卜儿科。孛老同副净张驴儿冲上⑭，赛卢医慌走下，孛老救卜儿科）（张驴儿云）爹，是个婆婆，争些勒杀了⑮。（孛儿云）兀那婆婆，你是那里人氏？姓甚名谁⑯，因甚着这个人将你勒死⑰？（卜儿云）老身姓蔡，在城人氏，止有个寡媳妇

8

儿，相守过日。因为赛卢医少我二十两银子，今日与他取讨；谁想他赚我到无人去处⑱，要勒死我，赖这银子，若不是遇着老的和哥哥呵⑲，那得老身性命来。（张驴儿云）爹，你听的他说么？他家还有个媳妇哩。救了他性命，他少不得要谢我；不若你要这个婆子，我要他媳妇儿，何等两便？你和他说去。（孛老云）兀好婆婆，你无丈夫，我无浑家，你肯与我做个老婆，意下如何？（卜儿云）是何言语！待我回家，多备些钱钞相谢。（张驴儿云）你敢是不肯⑳，故意将钱钞哄我？赛卢医的绳子还在，我仍旧勒死了你罢。（做拿绳科）（卜儿云）哥哥，待我慢慢地寻思咱。（张驴儿云）你寻思些甚么？你随我老子，我便要你媳妇儿。（卜儿背云㉑）我不依他，他又勒杀我。罢罢罢，你爷儿两个随我到家中去来。（同下）（正旦上，云）妾身姓窦㉒，小字端云，祖居楚州人氏。我三岁上亡了母亲，七岁上离了父亲。俺父亲将我嫁与蔡婆婆为儿媳妇，改名窦娥。至十七岁与夫成亲，不幸丈夫亡化，可早三年光景，我今二十岁也。这南门外有个赛卢医，他少俺婆婆银子，本利该二十两，数次索取不还，今日俺婆婆亲自索取去了。窦娥也㉓，你这命好苦也呵！（唱）

【仙吕点绛唇㉔】满腹闲愁，数年禁受㉕，天知否？天若是知我情由，怕不待和天瘦㉖。

【混江龙】则问那黄昏白昼，两般儿忘餐废寝几时休？大都来昨宵梦里㉗，和着这今日心头。催人泪的是锦烂漫花枝横绣闼㉘，断人肠的是剔团圆月色挂妆楼㉙。长则是急煎煎按不住意中焦㉚，闷沉沉展不彻眉尖皱㉛，越觉的情怀冗冗㉜，心绪悠悠㉝。

（云）似这等忧愁，不知几时是了也呵！（唱）

【油葫芦】莫不是八字儿该载着一世忧㉝，谁似我无尽头！须知道人心不似水长流。我从三岁母亲身亡后，到七岁与父分离久，嫁的个同住人㉞，他可又拔着短筹㉟；撇的俺婆妇每都把空房守㊱，端的个有谁问㊲，有谁瞅㊳？

【天下乐】莫不是前世里烧香不到头㊴，今也波生招祸尤㊵？劝今人早将来世修。我将这婆侍养，我将这服孝守，我言词须应口㊶。

　　（云）婆婆索钱去了，怎生这早晚不见回来㊷？（卜儿同孛老、张驴儿上）（卜儿云）你爷儿两个且在门首等，我先进去。（张驴儿）奶奶㊸，你先进去，就说女婿在门首哩。（卜儿见正旦科）（正旦云）奶奶回来了，你吃饭么？（卜儿做哭科，云）孩儿也，你教我怎生说波㊹！（正旦唱）

【一半儿】为甚么泪漫漫不住点儿流㊺？莫不是为索债与人家惹争斗？我这里连忙迎接慌问候，他那里要说缘由。（卜儿云）羞人嗒嗒的㊻，教我怎么说波！（正旦唱）则见他一半儿徘徊一半儿丑㊼。

　　（云）婆婆，你为甚么烦恼啼哭那㊽？（卜儿云）我问赛卢医讨银子去，他赚我到无人去处，行起凶来，要勒死我。亏了一个张老并他儿子张驴儿，救得我性命。那张老就要我招他做丈夫，因这等烦恼。（正旦云）婆婆，这个怕不中么？你再寻思咱：俺家里又不是没有饭吃，没有衣穿，又不是少欠钱债㊾，被人催逼不过；况你年纪高大，六十以外的人，怎生又招丈夫那？（卜儿云）孩儿也，你说的岂不是？但是我的性命全亏他这他儿两个救的。我也曾说道，待我到家，多将些钱物㊿，酬谢你救命之恩。不知他怎生知道我家里有个媳妇儿，道我婆媳妇又没老公，他爷儿两个又没老婆，正是天缘

元杂剧

天对㉒。若不随顺,他依旧要勒死我。那时节我就慌张了,莫说自己许了他,连你也许了他。儿也,这也是出于无奈。

(正旦云)婆婆,你听我说波。(唱)

【后庭花】避凶神要择好日头㊾,拜家堂要将香火修㊿;梳着个霜雪白髭鬒㉝,怎将这云霞般锦帕兜㉞。怪不的女大不中留㉟。你如今六旬左右,可不道到中年万事休㊱!旧恩爱一笔勾,新夫妻两意投,枉把人笑破口㊲。

(卜儿云)我的性命都是他爷两个救的,事到如今,也顾不得别人笑话了。(正旦唱)

【青哥儿】你虽然是得他、得他营救,须不是笋条、笋条年幼㊳,划的便巧画蛾眉成配偶㊴!想当初你夫主遗留,替你图谋,置下田畴㊵,早晚羹粥㊶,寒暑衣袭㊷,满望鳏寡孤独㊸,无揸无靠㊹,母子每到白头。公公也,则落得干生受㊺!

(卜儿云)孩儿也,他如今只待过门,喜事匆匆的,教我怎生回得他去?(正旦唱)

【寄生草】你道他匆匆喜,我替你倒细细愁:愁则愁兴阑删咽不下交欢酒㊻,愁则愁眼昏腾扭不上同心扣㊼,愁则愁意朦胧睡不稳芙蓉褥㊽。你待要笙歌引至画堂前㊐,我道这姻缘敢落在他人后㊑。

(卜儿云)孩儿也,再不要说我了,他爷儿两个都在门首等候,事已至此,不若连你也招了女婿罢。(正旦云)婆婆,你要招你自招,我并然不要女婿㊒。(卜儿云)那个是要女婿的?争奈他爷儿两个自家挨过门来㊓,教我如何是好?(张驴儿云)我们今日招过门去也。帽儿光光㊔,今日做个新郎;袖儿窄窄㊕,今日做个娇客㊖。好女婿,好女婿,不枉了㊗,不枉了。(同孛老人拜科)(正旦做不礼科㊘,云)兀那厮㊙靠后!

（唱）

【赚煞】我想这妇人每休信那男儿口，婆婆也，怕没的贞心儿自守，到今日招着个村老子㉖，领着个半死囚㉗。（张驴儿做嘴脸科㉘，云）你看我爷儿两个这等身段㉙，尽也选得女婿过，你不要错过了好时辰，我和你早些儿拜堂罢。（正旦不礼科，唱）则被你坑杀人燕侣莺俦㉚。婆婆也，你岂不知羞！俺公公撞府冲州㉛，阆阓铜斗儿家缘百事有㉜。想着俺公公置就㉝，怎忍教张驴儿情受㉞？（张驴儿做扯正旦拜科，正旦推跌科，唱）兀的不是俺没丈夫的妇女下场头㉟！（下）

（卜儿云）你老人家不要恼躁㊱。难道你有活命之恩，我岂不思量报你？只是我那媳妇儿气性最不好惹的，既是他不肯招你儿子，教我怎好招你老人家？我如今拼的好酒好饭养你爷儿两个在家㊲，待我慢慢地劝化俺媳妇儿；待他有个回心转意，再作区处㊳。（张驴儿云）这歪刺骨㊴！便是黄花女儿，刚刚扯的一把，也不消这等使性，平空的推了我一交㊵，我肯干罢㊶！就当面赌个誓与你：我今生今世不要他做老婆，我也不算好男子。（词云㊷）美妇人我见过万千向外㊸，不似这小妮子生得十分恶赖㊹；我救了你老性命死里重生，怎割舍得不肯把肉身陪侍？（同下）

讲一讲

① 折：元杂剧一般分为四折，每折相当于现代戏剧中的一幕。它是元杂剧剧本结构的一个段落。

② 净：元杂剧角色名称，勾脸谱，俗称花脸，一般扮演性情凶

暴鲁莽、举动粗野的反面人物。元杂剧中还有副净等名称。赛卢医：卢医是战国时代名医扁鹊，他家住卢国（现在山东省长清县西南），所以人称卢医。元杂剧中常把庸医叫做"赛卢医"，表面好像说这个医生比得过卢医，而实际上是反语讽刺、讥笑这个医生医术低劣。

③ 斟酌（zhēn zhuó）：考虑，思量。

④ 本草：指我国古代《神农本草经》等记载中药的书籍。

⑤ 山阳县：楚州的首县，现在江苏省淮安县东。

⑥ 在城：本城。

⑦ 尽也：倒也。静办：清静安闲。

⑧ 他：这个字在"五四"运动以前兼称男性、女性以及一切事物。

⑨ 弱症：心力衰竭、肺痨之类的疾病。

⑩ 服孝：在封建社会中，丈夫死了，妻子要服孝三年，不许出门。将除：服孝期快满了，将要除去孝服。

⑪ 驀（mò）过：跨过。隅（yú）头：墙角。这句是说走过拐弯处，表示走了一段路程。

⑫ 两个银子：古代银子通常以十两为一个，两个即二十两。长远了：指欠银子的时间很长了。

⑬ 兀那：指示代词，那。兀字为发语词，无义。

⑭ 孛（bó）老：元杂剧角色名称，通常扮演老年男子。元代称老头子为"孛老"，带有轻视的意味。冲上：争冲冲上场。

⑮ 争些：险些，差一点儿。

⑯ 甚：什么。

⑰ 着：被，遭。

⑱ 赚（zhuàn）：骗。去处：地方。

⑲ 哥哥：对年轻男子的尊称。

⑳ 敢是：估量之词，大概是，莫非是。

㉑ 背云：戏剧术语，演员在舞台上背着别的角色讲话，假设在场的演员看不见也听不到，自己向观众交代心理活动。

㉒ 妾身：古代妇女自称的谦词。

㉓ 也：这里是语气助词，同"呀"、"哟"。

㉔【仙吕点绛唇】：元杂剧体制，每折歌唱部分，是取若干个同宫调的曲牌而成一套曲的，每套曲要一韵到底。各折所用的宫调不能重复，第一折宫调通常用《仙吕》宫，曲牌通常用《点绛唇》、《混江龙》、《油葫芦》、《天下乐》等调联成。

㉕ 禁受：忍受。

㉖ 怕不：岂不，难道不。待：要。和天瘦：连老天也得消瘦了。

㉗ 大都来：不过，只不过。

㉘ 绣闼（tà）：绣房，指窦娥住处。这句说，看到房中帷帐上绣得花枝烂漫，就伤心落泪。

㉙ 剔（tī）团圞（luán）：圆圆的。妆楼：妇女的住所。这句说，看到圆圆的明月挂在妆楼，就使人肠断。

㉚ 长则是：经常是、常常是。急煎煎：形容着急，心情焦灼的样子。焦：焦躁。

㉛ 闷沉沉：形容心情郁闷。这句说，心情郁闷，不能舒展开紧皱的眉头。

㉜ 情怀冗冗（rǒng）：思绪十分沉重烦乱。

㉝ 悠悠：忧愁悲伤的样子。

㉞ 八字儿:古人认为一个人出生的年月日时,各有天干地支相配,每项用两个字代替,四项就有八个字,根据这八个字就可以推算一个人的命运。这是一种迷信的说法。一世忧:一辈子忧伤。

㉟ 同住人:一起生活的人,指丈夫。

㊱ 筹:古代计数和占卜用的竹片,上面刻有数字,数字小的就是"短筹"。算命时,在筒里抽筹以测吉凶。拔着短筹:抽着了坏签,形容短命。

㊲ 婆妇:婆媳。每:人称代词的复数,等于现在的"们"字。

㊳ 端的:真的。个:助词,无义。

㊴ 瞅(chǒu):理睬,理会。

㊵ 前世里烧香不到头:迷信说法,今生夫妻半路分离,不能相偕到老,是由于前生烧香没有烧到头,也就是烧了断头香的缘故。

㊶ 今也波生:今生。"也"、"波"是为了行腔需要的有字无义的衬字。招祸尤:招来更大的祸害。

㊷ 言词须应口:应许的诺言一定兑现,心口相应,说到做到。

㊸ 怎生:怎么。

㊹ 奶奶:对老年妇女的敬称。

㊺ 波:语尾助词,同"啊"、"吧"。

㊻ 漫漫:本指水大的样子,这里指泪水很多。

㊼ 羞人嗒嗒的:害羞,难为情的样子。

㊽ 一半儿……一半儿……:是【一半儿】曲牌尾句的句式。徘徊:来回地行走。丑:羞愧的意思。

㊾ 那:同"哪"。

㊿ 少欠钱债：少钱欠债。

(51) 将：拿，取。

(52) 天缘天对：天生姻缘。

(53) 好日头：好日子、吉日。这句说，躲避凶神恶煞，要选择吉日良辰举行婚礼。

(54) 拜家堂：古时候结婚，新婚要到家庙去焚香拜见祖宗牌位，叫"庙见"，欲称"拜家堂"。

(55) 髢髻（dí jì）：古代妇女将头发盘成螺形，上加网套，用作装饰。这句说还戴着孝。

(56) 锦帕兜：古代结婚时，新娘头上蒙的丝巾盖。

(57) 女大不中留：当时的俗语，意思说，女子到了婚龄必须出嫁，不能留在父母的家中，否则就会出现麻烦。这句是对蔡婆婆老而再嫁的讽刺。

(58) 可不道：岂不知。中年万事休：人到中年，什么事都完了。

(59) 枉：徒然，白白地。把：被。

(60) 笋条：竹根生的嫩芽，比喻人年纪轻。

(61) 刬（chǎn）的：无缘无故的。画蛾眉：古代妇女多用黛色画眉，好像蚕蛾的角须，细长美丽。汉代张敞和妻子感情很好，曾替妻子描画眉毛，后人以此来比喻夫妻感情好。这句是窦娥用此语讽刺蔡婆婆甘心再嫁的荒唐行为。

(62) 田畴（chóu）：田地。

(63) 羹（gēng）：菜汤。

(64) 裘（qiú）：皮衣，这里泛指衣服。以上两句说，不论什么时候也不愁吃穿。

(65) 鳏（guān）：失去妻子的男人。寡：失去丈夫的妇女。孤：

元杂剧

失去父亲的孩子。独：失去儿子的老人。这里是偏义复词，只指孤寡。

⑥⑥ 捱：通"挨"，依。

⑥⑦ 干：白白地。生受：辛苦，受累。

⑥⑧ 阑(lán)删：是懒散，打不起劲儿的意思。兴阑删：扫兴，没有精神。交欢酒：婚礼上新郎新娘互相换杯饮酒，也叫"交杯酒"。

⑥⑨ 昏腾：头昏眼花，神智迷糊。同心扣：用锦带打成的连环形的结子，用作男女相爱的象征，也叫"同心结"。

⑦⓪ 朦胧(méng lóng)：不清楚，模糊。芙蓉褥：绣着荷花的褥子，这里泛指新婚用的绣花褥。

⑦① 笙(shēng)歌：指婚礼上奏的乐曲。画堂：本为汉代宫殿名，后来泛指华丽的屋子，这里指结婚用的新房。笙歌引至画堂前：是古人结婚的仪式，在乐曲声中引新人到堂前参拜。这句是说，你倒想热热闹闹举行婚礼啊。

⑦② 敢：包管，一定。敢落在他人后：一定比不上别人，是说蔡婆婆年纪太老了。

⑦③ 并然：断然、定然。

⑦④ 挨：一步一步地。

⑦⑤ "帽儿光光"等以下四句是元代人们在婚礼上对新朗赞贺的话。光光：形容新郎衣帽整洁。

⑦⑥ 窄窄：形容新郎穿戴漂亮。

⑦⑦ 娇客：女婿的代称。

⑦⑧ 不枉了：没有白做。

⑦⑨ 不礼：不还礼，不理睬。

⑧⓪ 厮（sī）：对男子的贱称。兀那厮：这小子，这家伙。

⑧① 村：粗俗。老子：老年人的通称。村老子：粗俗的老头儿，野汉子，是骂人话。

⑧② 半死囚：将死的囚犯。

⑧③ 做嘴脸：做鬼脸，出怪样。

⑧④ 身段：模样。

⑧⑤ 坑杀人：害死人。燕侣莺俦（chóu）：燕子双栖，莺鸟和鸣，常用来比喻夫妻。侣、俦，都是伴侣的意思。这句是说，我们这对新夫妻真是害死我了。

⑧⑥ 撞府冲州：四处奔走，走南闯北。府、州泛指多处地方。

⑧⑦ 阐䦺（zhèng chuài）：挣扎，拼力谋取。铜斗儿：很坚固、容积很大的量器。家缘：家产。铜斗儿家缘：比喻家产巨大、殷富、坚牢。百事有：应有尽有。这句是说，拼力挣得这样众多的家产，什么都有。

⑧⑧ 置就：置办成。

⑧⑨ 情受：承受。

⑨⓪ 下场头：结局，归宿。

⑨① 恼躁：懊恼烦躁。

⑨② 拼：不顾惜。

⑨③ 区处：安排，酌情处理的意思。

⑨④ 歪剌（lá）骨：骂妇女的话，近似于"臭货"、"贱骨头"等。

⑨⑤ 交：同"跤"。

⑨⑥ 干罢：善罢甘休。

⑨⑦ 词：下场词。

⑨⑧ 向外：以外，以上。

⑨⑨ 小妮子：小丫头，泛称小女孩儿。惫（bèi）赖：泼赖。现在浙江东部还有此语，是形容妇女凶狠泼辣的。

第 二 折

（赛卢医上，诗云）小子太医出身①，也不知道医死多人，何尝怕人告发，关了一日店门？ 在城有个蔡家婆子，刚少的他二十两花银，屡屡亲来索取，争些撧断脊筋②。 也是我一时智短③，将他赚到荒村，撞见两个不识姓名男子，一声嚷道："浪荡乾坤，怎敢行凶撒泼④，擅自勒死平民！"吓得我丢了绳索，放开脚步飞奔。 虽然一夜无事，终觉失精落魂；方知人命关天关地，如何看做壁上灰尘。 从今改过行业，要得灭罪修因⑤，将以前医死的性命，一个个都与他一卷超度的经文⑥。 小子赛卢医的便是。 只为要赖蔡婆婆二十两银子，赚他到荒僻去处，正待勒死他，谁想遇见两个汉子，救了他去。 若是再来讨债时节，教我怎生见他？ 常言道的好："三十六计，走为上计"⑦，喜得我是孤身，又无家小连累；不若收拾了细软行李⑧，打个包儿，悄悄地躲到别处，另做营业，岂不干净？ （张驴儿上，云）自家张驴儿。 可奈那窦娥百般的不肯随顺⑨；如今那老子害病，我讨服毒药，与他吃了，药死那老婆子，这小妮子好歹做我的老婆。 （做行科，云）且住，城里人耳目广，口舌多，倘见我讨毒药，可不嚷出事来？ 我前日看见南门外有个药铺，此处冷静，正好讨药。 （做行科，叫云）

太医哥哥，我来讨药的。（赛卢医云）你讨甚么药？（张驴儿云）我讨服毒药。（赛卢医云）谁敢合毒药与你？这厮好大胆也！（张驴儿云）你真个不肯与我药么？（赛卢医云）我不与你，你就怎地我？（张驴儿做拖卢云）好呀，前日谋死蔡婆婆的，不是你来？你说我不认的你哩！我拖你见官去。（赛卢医做慌科。云）大哥，你放我，有药有药。（做与药科。张驴儿云）既然有了药，且饶你罢。正是："得放手时须放手，得饶人处且饶人。"（下）（赛卢医云）可不悔气⑩！刚刚讨药的这人，就是救那婆子的。我今日与了他这服毒药去了，以后事发，越越要连累我；趁早儿关上药铺，到涿州卖老鼠药去也⑪。（下）

（卜儿上，做病伏几科）（孛老同张驴儿上，云）老汉自到蔡婆婆家来，本望做个接脚⑫。却被他媳妇坚持不从。那婆婆一向收留俺爷儿两个在家同住，只说好事不在忙，等慢慢里劝转他媳妇；谁想那婆婆又害起病来。孩儿，你可曾算我两个的八字，红鸾天喜几时到命哩⑬？（张驴儿云）要看什么天喜到命！只赌本事⑭，做得去，自去做。（孛老云）孩儿也，蔡婆婆害病好几日了，我与你去问病波。（做见卜儿问科，云）你今日病体如何？（卜儿云）我身子十分不快哩。（孛老云）你可想些甚么吃？（卜儿云）我思量些羊肚儿汤吃。（孛老云）孩儿，你对窦娥说，做些羊肚汤与婆婆吃。（张驴儿向古门云⑮）窦娥，婆婆想差别肚儿汤吃，快安排将来。（正旦持汤上，云）妾身窦娥是也。有俺婆婆不快，想羊肚汤吃，我亲自安排了与婆婆吃去。婆婆也，我这寡妇人家，凡事也要避些嫌疑，怎好收留那张驴儿父子两个？非亲非眷的，一家儿同

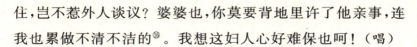

住，岂不惹外人谈议？婆婆也，你莫要背地里许了他亲事，连我也累做不清不洁的⑯。我想这妇人心好难保也呵！（唱）

【南吕一枝花】他则待一生鸳帐眠⑰，那里肯半夜空房睡；他本是张郎妇，又做了李郎妻。有一等妇女每相随，并不说家克计⑱，则打听些闲是非；说一会不明白打凤的机关⑲，使了些调虚嚣捞龙的见识⑳。

【梁州第七】这一个似卓氏般当垆涤器㉑，这一个似孟光般举案齐眉㉒，说的来藏头盖脚多伶俐！㉓道着难晓，做出才知。旧恩忘却，新爱偏宜；坟头上土脉犹湿，架儿上又换新衣㉔。那里有奔丧处哭倒长城㉕？那里有浣纱时甘投大水㉖？那里有上山来便化顽石㉗？可悲，可耻！妇人家直恁地无仁义，多淫奔，少志气；亏杀前人在那里，更休说本性难移㉘。

（云）婆婆，羊肚汤做成了，你吃些儿波。（张驴儿云）等我拿去。（做接尝科，云）这里面少些盐醋，你去取来。（正旦下）（张驴儿放药科）（正旦上，云）这不是盐醋？（张驴儿云）你倾下些。（正旦唱）

【隔尾】你说道少盐欠醋无滋味，加料添椒才脆美。但愿娘亲早痊济，饮羹汤一杯，胜甘露灌体，得一个身子平安倒大来喜㉙。

（孛老云）孩儿，羊肚汤有了不曾？（张驴儿云）汤有了，你拿过去。（孛老将汤云）婆婆，你吃些汤儿。（卜儿云）有累你。（做呕科，云）我如今打呕，不要这汤吃了，你老人家吃罢。（孛老云）这汤特做来与你吃的，便不要吃，也吃一口儿。（卜儿云）我不吃了，你老人家请吃。（孛老吃科）（正旦唱）

【贺新郎】一个道你请吃，一个道婆先吃，这言语听也难听，我可是气也不气！想他家与咱家有甚的亲和戚？怎不记旧日夫妻情意，也曾有百纵千随㉚？婆婆也，你莫不为黄金浮世宝㉛，白发故人稀㉜，因此上把旧恩情全不比新知契㉝？则待要百年同墓穴，那里肯千里送寒衣㉞。

（孛老云）我吃下这汤去，怎觉昏昏沉沉的起来？（做倒科）（卜儿慌科，云）你老人家放精神着㉟，你挣扎着些儿。（做哭科，云）兀的不是死也！（正旦唱）

【斗虾蟆】空悲戚，没理会㊱，人生死，是轮回㊲。感着这般病疾，值着这般时势㊳；可是风寒暑湿，或是饥饱劳役㊴；各人证候自知，人命关天关地；别人怎生替得，寿数非干今世㊵。相守三朝五夕，说甚一家一计㊶。又无羊酒段匹㊷，又无花红财礼㊸；把手为活过日㊹，撒手如同休弃㊺。不是窦娥忤逆㊻，生怕傍人论议，不如听咱劝你，认个自家悔气，割舍的一具棺材停置㊼，几件布帛收拾㊽。出了咱家门里，送入他家坟地。这不是你那从小儿年纪指脚的夫妻㊾。我其实不关亲，无半点恓惶泪㊿。休得要心如醉，意似痴，便这等嗟嗟怨怨(51)，哭哭啼啼。

（张驴儿云）好也啰！(52)你把我老子药死了，更待干罢(53)！（卜儿云）孩儿，这事怎了也？（正旦云）我有什么药在那里，都是他要盐醋时，自家倾在汤儿里的。（唱）

【隔尾】这厮搬调咱老母收留你(54)，自药死亲爷待要唬吓谁(55)？（张驴儿云）我家的老子，倒说是我做儿子的药死了，人也不信。（做叫科，云）四邻八舍听着：窦娥药杀我家老子哩。（卜儿云）罢么，你不要大惊小怪的，吓杀我也。（张驴儿云）你可怕么？（卜儿云）可知怕哩(56)。（张驴儿云）你要饶么？（卜儿云）可知要饶哩。（张驴儿云）你教窦娥随顺了我，叫我三声的的亲亲的丈夫(57)，我便饶了他。（卜儿云）孩儿也，你随顺了他罢。（正旦云）婆婆，你怎说这般言语！（唱）我一马难将两鞍鞴㉓，想男儿在日，曾两年匹配，却教我改嫁别人，其实做不得。

（张驴儿云）窦娥，你药杀了俺老子，你要官休㉔？要私休㉕？（正旦云）怎生是官休？怎生是私休？（张驴儿云）你要官休呵，拖你到官司，把你三推六问㉖，你这等瘦弱身子，当不过拷打，怕你不招认药死我老子的罪犯！你要私休呵，你早些与我做了老婆，倒也便宜了你。（正旦云）我又不曾药死你老子，情愿和你见官去来。（张驴儿拖正旦、卜儿下）

（净扮孤引祗候上㉗，诗云）我做官人胜别人，告状来的要金银；若是上司当刷卷㉘，在家推病不出门。下官楚州太守桃杌是也㉙。今早升厅坐衙㉚，左右，喝撺厢㉛。（祗候么喝科）（张驴儿拖正旦、卜儿上，云）告状告状。（祗候云）拿过来。（做跪见。孤亦跪科，云）请起。（祗候云）相公㉜，他是告状的，怎生跪着他㉝？（孤云）你不知道，但来告状的，就是我衣食父母㉞。（祗候么喝科。孤云）那个是原告？那个是被告？从实说来。（张驴儿云）小人是原告张驴儿，告这媳妇儿，唤做窦娥，合毒药下在羊肚汤里，药死了俺的老子。这个唤做蔡婆婆，就是俺的后母。望大人与小人做主咱。（孤云）是那一个下的毒药？（正旦云）不干小妇人事。（卜儿云）也不干老妇人事。（张驴儿云）也不干我事。（孤云）都不是，敢是我下的毒药来？（正旦云）我婆婆因为与赛卢医索钱，被他赚到郊外勒死；我婆婆却得他爷儿两个救了性命。因此我婆婆收留他爷儿两个在家，养膳终身㉟，报他的恩德，谁知他两个倒起不良之心，冒认婆婆做了接脚，要逼勒小妇人做他媳妇。小妇人元是有丈夫的㊱，服孝未满，坚持不从。适值我婆婆患病⑫，着小妇人安排羊肚儿汤来，只说少些盐醋，支转小妇人⑭，暗地倾下毒药。也是天幸，我婆婆忽然呕吐，不要汤吃，让与他老子，才吃的几口，便死了。与小妇人并无干涉⑮。只望大人高抬明镜⑯，替小妇人做主咱。（唱）

【牧羊关】大人你明如镜，清似水，照妾身肝胆虚实⑰。那羹本五味俱全⑱，除了外百事不知⑲。他推道尝滋味，吃下去便昏迷。不是妾讼庭上胡支对⑳，大人也，却教我平白地说甚的？

　　（张驴儿云）大人详情㉑：他自姓蔡，我自姓张，他婆婆不招俺父亲接脚，他养我父子两个在家做甚么？这媳妇年纪虽小极是赖骨顽皮㉒，不怕打的。（孤云）人是贱虫，不打不招。左右，与我选大棍子打着。（祗候打正旦，三次喷水科㉓）（正旦唱）

　　【骂玉郎】这无情棍棒教我捱不的。婆婆也，须是你自做下㉔，怨他谁㉕？劝普天下前婚后嫁婆娘每，都看取我这般傍州例㉖。

【感皇恩】呀！是谁人唱叫扬疾㉗，不由我不魄散魂飞。恰消停㉘，才苏醒，又昏迷。捱千般打拷，万种凌逼㉙，一杖下，一道血，一层皮。

【采茶歌】打的我肉都飞，血淋漓，腹中冤枉有谁知！则我这小妇人毒药来从何处也？天那，怎么的覆盆不照太阳晖㉚！

　　（孤云）你招也不招？（正旦云）委的不是小妇人下毒药来㉛。（孤云）既然不是，你与我打那婆子。（正旦忙云）住住住，休打我婆婆，情愿我招了罢，是我药死公公来。（孤云）既然招了，着他画了伏状㉜，将枷来枷上㉝，下在死囚牢里去。到来日判个斩字，押赴市曹典刑㉞。（卜儿哭科，云）窦娥孩儿，这

都是我送了你的性命,兀的不痛杀我也!(正旦唱)

【黄钟尾】我做了个衔冤负屈没头鬼,怎肯便放了你好色荒淫漏面贼⑧!想人心不可欺,冤枉事天地知,争到头,竞到底,到如今待怎的?情愿认药杀公公,与了招罪。婆婆也,我若是不死呵,如何救得你?(随祗候押下)

(张驴做叩头科,云)谢青天老爷做主!明日杀了窦娥,才与小人的老子报的冤。(卜儿哭科,云)明日市曹中杀窦娥孩子儿也,兀的不痛杀我也!(孤云)张驴儿,蔡婆婆,都取保状,着随衙听候⑨。左右,打散堂鼓⑩,将马来,回私宅去也。(同下)

 讲一讲

① 太医:封建时代宫廷御用医官的称号,也叫"御医",这里是赛卢医自我吹嘘。

② 撚(niǎn)断脊筋:揉搓断了筋骨。这里指逼迫催讨紧得要命。

③ 智短:见识短浅。

④ 浪荡乾坤:空阔广大的天地,比喻光天化日,常与"清平世界"连用。撒泼:放肆胡为。

⑤ 灭罪修因:消除今生罪过,修造来世福因,这是一种迷信的说法。

⑥ 超度的经文:佛教认为替死者念经祷告,可以救度他的灵魂超脱苦难。

⑦ 三十六计,走为上计:民间俗谚。意思是有许许多多的计

策，只有逃走这条计最好。这是比喻事情到了无可奈何的地步，别无良策，只能出走。

⑧ 细软：容易携带的细小轻便的贵重物品，如珠宝绸缎等。

⑨ 可奈：可恨。

⑩ 悔气：同"晦气"，倒霉的意思。

⑪ 越越：越发，更加。涿（zhuō）州：现在河北省涿县。

⑫ 本望：原指望。接脚：丈夫死后，再招个丈夫，被招者称为接脚女婿，俗称"接脚"。

⑬ 红鸾（luán）：古代算命人所说的吉星，它主宰人间的婚姻喜事，这是迷信的说法。天喜：指吉日，是宜于结婚的日子，也是迷信说法。

⑭ 只赌本事：只凭自己的本领。

⑮ 古门：戏曲术语，指戏台上通向后台的门。

⑯ 累：带累，受牵累。

⑰ 鸳帐眠：比喻夫妻同床睡。

⑱ 说家克计：商量、琢磨主持家计的事。

⑲ 机关：周密而巧妙的计谋。打凤的机关：安排陷害好人的圈套。

⑳ 虚嚣（xiāo）：虚浮、诈伪的意思。捞龙：包笼着，使之隐入牢笼。以上两句是指，说的、做的都是暗中骗人的鬼把戏。

㉑ 卓氏：指卓文君。当垆：坐在酒瓮旁边卖酒。涤器：洗杯盘器皿。

㉒ 孟光般举案齐眉：汉代孟光和丈夫梁鸿感情融洽，相敬如宾。吃饭的时候，她总是把盛食物的托盘（案）举到齐眉的高度，献给梁鸿，以表示对丈夫的尊敬。后人多以此比喻和睦夫妻。

㉓ 怜俐：同"伶俐"，灵巧，不拖泥带水。藏头盖脚多怜俐：遮盖得干净利索。

㉔ 新爱偏宜：有个新欢。宜：合适。坟头上土脉犹湿，架儿上又换新衣：这句说丈夫刚刚死去，新坟土尚未干，妻子已经改嫁。

㉕ 哭倒长城：这是民间传说。秦始皇时，孟姜女为见修筑长城的丈夫，跋涉千里去送寒衣。到了长城，丈夫已经累死了。她昼夜痛哭，把长城哭倒了一大段，终于发现了丈夫的尸骨。

㉖ 浣（huàn）：洗。浣纱时甘投大水：这是历史故事。春秋时，楚国伍子胥为逃避楚平王的杀害，投奔到吴国。走到江边时，一个漂纱女子同情他的遭遇，给了他饭吃。伍子胥临走前叮嘱她不要向追兵泄密，少女生气地说：我是个姑娘，本不应该和陌生男子说话，因见你很可怜才救你，想不到你竟然怀疑我，说完便投江而死，以表示自己的忠诚和贞操。窦娥举这段故事是表白自己坚贞的志气。

㉗ 上山来便化顽石：这是神话故事。古代有一位妇女，因为丈夫久出不归，思念心切，她就天天登山远眺，盼望他回来。日子久了，她的身子就变成了山上的一块石头，被后人称为"望夫石"。

㉘ 直恁（rèn）：竟然这样。以上四句是说：缺少志气的女人实在有愧于古代那些坚贞不渝的妇女，不要说什么再嫁是妇女的本性。

㉙ 痊济：痊愈，病好。甘露：古人认为天下太平则天降甘美的露水，人喝了可以病愈长生，这是迷信说法。倒大来：极大的。

㉚ 百纵千随：千依百顺。

㉛ 黄金浮世宝:黄金被世俗的人看作宝贝。

㉜ 白发故人稀:意思是说从小相交到白头的朋友是少有的。

㉝ 契:相合,情意相投。新知契:新的知心人。

㉞ 千里送寒衣:见本折注㉕。以上两句是说,你只想和新人百年到老,早忘了死去的故人。

㉟ 放精神着:振作起来精神来。

㊱ 没理会:没人来理睬。

㊲ 轮回:佛教认为,人死后根据他生前行事的善恶,或者升天,或者转生为人,或者下地狱,或者变畜生等等,就像车轮转动一样,一世一世地循环下去。这是一种迷信的说法。

㊳ 感着:得着,传染上。值着:遇上,碰着。时势:时候。

㊴ 劳役:劳累。

㊵ 这句说,人的寿命长短是前生善恶所决定的,与今世无关。

㊶ 一家一计:一夫一妻的家室。

㊷ 段:同"缎"。段匹:指绸缎之类的纺织品。羊酒段匹:是古代婚姻中男方的聘礼。

㊸ 花红:古代人结婚时头插红花,身披红绸,所以用"花红"指代聘礼。古代缔结婚约时,男家须向女家赠送财礼,女家接受了,就表示应允了婚事。

㊹ 把手:携手,指活在世上。

㊺ 撒手:松手、放手,指死去。以上四句是说,婆婆你与张老头又不是正式夫妻,他活着时虽然一起过活,如今他死了也就算了。

㊻ 忤(wǔ)逆:不孝顺父母。

㊼ 割舍的：花费，舍弃。

㊽ 布帛（bó）：原意是布匹、绸缎，这里是指衣服。

㊾ 指脚的夫妻：结发夫妻。

㊿ 恓惶（xī huáng）：悲伤，不安。

(51) 嗟（jiē）嗟怨怨：伤心地叹气，怨恨。

(52) 也啰：语气助词，无意。

(53) 更待干罢：怎能罢休。

(54) 搬调：搬弄，调唆。

(55) 唬（hǔ）吓：恐吓，威吓。

(56) 可知：当然。

(57) 的的亲亲：同"嫡嫡亲亲"，即亲亲热热。

(58) 一马难将两鞍鞴（bèi）：一匹马难安放两副马鞍子，比喻一女不嫁二夫。这是封建社会要妇女守节的说教。

(59) 官休：经官府裁断案件。

(60) 私休：不经官府审理，私下协商解决双方有争执的事。

(61) 推：推求，追，问。问：审问。三推六问：指多次审讯。

(62) 孤：元杂剧里官员的俗称，由各行角色扮演。祗（zhī）候：元代衙门里的吏役。

(63) 刷卷：上级官员清查、复核下级官员处理的刑狱案卷。

(64) 太守：一州（古代的行政区划）最高的行政官员。桃杌（wù）：与"梼杌"谐音，梼杌是古代传说中的怪兽名，常用来比喻恶人。这里暗指桃杌太守残酷狠毒。

(65) 升厅坐衙：官员开庭审案理事。

(66) 喝撺（cuān）厢：审案时的仪式，开庭时，两旁衙役齐声吆喝，表示官员的威风，吓唬受审人。

⑥ 相公：对官员的尊称。

⑧ 怎生跪着他：为什么给他下跪。

⑥ 衣食父母：古代依靠别人生活的人常称供养人为"衣食父母"。这里讽刺贪官趁百姓打官司的时机，从中敲诈勒索。

⑦ 养膳(shàn)：供养。

⑦ 元：同"原"。

⑦ 适值：刚巧碰到。

⑦ 着：教，使。

⑦ 支转：借故支使别人离开。

⑦ 干涉：关系，牵涉。

⑦ 高抬明镜：比喻断案公正，犹如明镜高悬，能洞察一切，明鉴是非。古代受审人常用这句话对问官作颂扬性的祈求。

⑦ 肝胆虚实：内心真假。

⑦ 五味：甜、酸、苦、辣、咸，这里泛指各种味道。

⑦ 除了外：除此以外。这里的"外"作"此"讲。

⑧ 公庭：审讯的公堂。胡支对：随便应付，胡乱对答。

⑧ 详情：仔细地审查事件的真相。

⑧ 赖骨顽皮：形容顽劣不逊。

⑧ 喷水：封建社会，官吏审案多用严刑逼供，当受刑人昏迷过去后，就命衙役喷凉水，刺激人苏醒，再继续审问。

⑧ 须是：本是。

⑧ 犯他谁：怪什么别人。

⑧ 傍州例：近旁的例子、榜样。古代判案，除了根据当时的法律以外，也可用其他相同的案件判例作为依据。

⑧ 唱叫扬疾：高声地叫嚷，吵闹。

㊆ 消停：暂停。

㊈ 凌逼：折磨，逼迫。

⑨ 覆（fù）盆不照太阳晖：倒扣着的盆里照不进太阳的光辉，必然黑暗不见光明。比喻官府衙门暗无天日，又称被屈判刑的为"覆盆之冤"。

㊀ 委的：委实，确实。

㊁ 画了伏状：犯人在承认罪状的供词上签名或画押。

㊂ 枷：一种刑具，用木板将犯人的头和手夹锁起来。这句是说把枷板拿来给她带上。

㊃ 市曹：市中心，闹市。典刑：依法行刑，这里指处死。

㊄ 漏面贼：蒙面贼。骂人为贼汉的话。这里指张驴儿。

㊅ 都取保状，着随衙听候：在官司没有了结之前，与案件有关人员可以立保，回家等候，但要随时听候传讯。

㊇ 散堂鼓：退堂鼓。古代官员升堂和退堂时，都要击鼓助威。

第 三 折

（外扮监斩官上云①）下官监斩官是也②。今日处决犯人，着做公的把住巷口③，休放往来人闲走。（净扮公人，鼓三通④、锣三下科）（刽子磨旗⑤、提刀，押正旦带枷上）（刽子云）行动些⑥，行动些，监斩官去法场上多时了⑦。（正旦唱）

【正宫端正好】没来由犯王法⑧，不提防遭刑宪⑨，叫声屈动地惊天！顷刻间游魂先赴森罗殿⑩，怎不将天地也生埋怨⑪。

【滚绣球】有日月朝暮县⑫，有鬼神掌着生死权⑬。天地也，只合把清浊分辨⑭，可怎生糊突了盗跖颜渊⑮：为善的受贫穷更命短，造恶的享富贵又寿延⑯。天地也，做得个怕硬欺软，却元来也这般顺水推船⑰。地也，你不分好歹何为地⑱？天也，你错勘贤愚枉做天⑲！哎，只落得两泪涟涟。

（刽子手）快行动些，误了时辰也⑳。（正旦唱）

【倘秀才】则被这枷纽的我左侧右偏㉑，人拥的我前合后偃㉒，我窦娥向哥哥行有句言㉓。（刽子云）你有甚么话说？（正旦唱）前街里去心怀恨，后街里去死无冤㉔，休推辞路远。

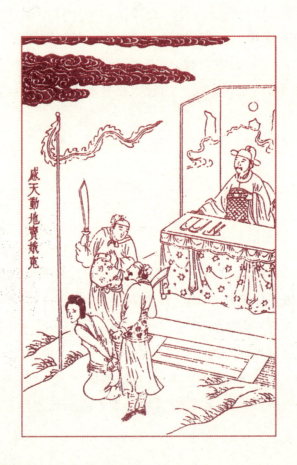

（刽子云）你如今到法场上面，有什么亲眷要见的，可教他过来，见你一面也好。（正旦唱）

【叨叨令】可怜我孤身只影无亲眷，则落得吞声忍气空嗟怨。（刽子云）难道你爷娘家也没的？（正旦云）止有个爹爹，十三年前上朝取应去了，至今杳无音信㉖。（唱）早已是十年多不睹爹爹面。（刽子云）你适才要我往后街里去㉗，是什么主意？（正旦唱）怕则怕前街里被我婆婆见。（刽子云）你的性命也顾不得，怕他见怎的？（正旦云）俺婆婆若见我披枷带锁赴法场餐刀去呵㉘，（唱）枉将他气杀也么哥㉙，枉将他气杀也么哥。告哥哥，临危好与人行方便㉚。

（卜儿哭上科，云）天那，兀的不是我媳妇儿！（刽子云）婆子靠后。（正旦云）既是俺婆婆来了，叫他来，待我嘱付他几句话咱。（刽子云）那婆子，近前来，你媳妇要嘱付你话哩。（卜儿云）孩儿，痛杀我也！（正旦云）婆婆，那张驴儿把毒药放在羊肚儿汤里，实指望药死了你，要霸占我为妻，不想婆婆让与他老子吃，倒把他老子药死了。我怕连累婆婆，屈招了药死公公，今日赴法场典刑㉛。婆婆，此后遇着冬时年节㉜，月一十五㉝，有滗不了的浆水饭㉞，滗半碗儿与我吃；烧不了的纸钱㉟，与窦娥烧一陌儿㊱。则是看你死的孩儿面上㊲！（唱）

【快活三】念窦娥葫芦提当罪愆㊳，念窦娥身首不完全，念窦娥从前已往干家缘㊴；婆婆也，你只看窦娥少爷无娘面。

【鲍老儿】念窦娥伏侍婆婆这几年㊵，遇时节将碗凉浆奠㊶；你去那受刑法尸骸上烈些纸钱㊷，只当把你亡化的孩儿荐㊸。（卜儿哭科，云）孩儿放心，这个老身都记得。天那，兀的不痛杀我也！

（正旦唱）婆婆也，再也不要啼啼哭哭，烦烦恼恼，怨气冲天。这都是我做窦娥的没时没运㊸，不明不暗㊹，负屈衔冤㊺。

（刽子做喝科㊻，云）兀那婆子靠后，时辰到了也。（正旦跪科）（刽子开枷科）（正旦云）窦娥告监斩大人，有一事肯依窦娥，便死而无怨。（监斩官云）你有什么事？你说。（正旦云）要一领净席㊼，等我窦娥站立；又要丈二白练㊽，挂在旗枪上㊾：若是我窦娥委实冤枉，刀过处头落，一腔热血休半点儿沾在地下㊿，都飞在白练上者(51)。（监斩官云）这个就依你，打甚么不紧(52)。（刽子做取席站科(53)，又取白练挂旗上科）（正旦唱）

【耍孩儿】不是我窦娥罚下这等无头愿(54)，委实的冤情不浅；若没些儿灵圣与世人传(55)，也不见得湛湛青天(56)，我不要半星热血红尘洒(57)，都只在八尺旗枪素练悬(58)。等他四下里皆瞧见(59)，这就是咱苌弘化碧(60)，望帝啼鹃(61)。

（刽子云）你还有甚的说话，此时不对监斩大人说，几时说那？（正旦再跪科，云）大人，如今是三伏天道(62)，若窦娥委实冤枉，身死之后，天降三尺瑞雪，遮掩了窦娥尸首。（监斩官云）这等三伏天道，你便有冲天的怨气，也召不得一片雪来，可不胡说！（正旦唱）

【二煞】你道是暑气暄(63)，不是那下雪天；岂不闻飞霜六月因邹衍(64)？若果有一腔怨气喷如火，定要感的六出冰花滚似绵(65)，免着我尸骸现(66)；要甚么素车白马(67)，断送出古陌荒阡(68)！

（正旦再跪科，云）大人，我窦娥死的委实冤枉，从今以后，着这楚州亢旱三年(69)！（监斩官云）打嘴！哪有这等说话！（正旦唱）

【一煞】你道是天公不可期⑩，人心不可怜，不知皇天也肯从人愿⑪。做甚么三年不见甘霖降⑫？也只为东海曾经孝妇冤⑬。如今轮到你山阳县。这都是官吏每无心正法⑭，使百姓有口难言。

（刽子做磨旗科，云）怎么这一会儿天色阴了也？

（内做风科⑮，刽子云）好冷风也！（正旦唱）

【煞尾】浮云为我阴，悲风为我旋，三桩儿誓愿明题遍⑯。（做哭科，云）婆婆也，直等待雪飞六月，亢旱三年呵，（唱）那其间才把你个屈死的冤魂这窦娥显。

（刽子做开刀，正旦倒科）（监斩官惊云）呀，真个下雪，有这等异事！（刽子云）我也道平日杀人，满地都是鲜血，这个窦娥的血都飞在那丈二白练上，并无半点落地，委实奇怪。（监斩官云）这死罪必有冤枉。早两桩儿应验了，不知亢旱三年的说话，准也不准？且看后来如何。左右，也不必等待雪晴，便与我抬他尸首，还了那蔡婆去罢。（众应科，抬尸下）

① 外：元杂剧里除主角以外的一种次要角色名称，有外末、外旦、外净等。这里是外末的省称，外末多是扮演老年男子。监斩官：监督执行死刑的官。

② 下官：古代做官人的谦称。

③ 做公的：公人，官府里的公差。

④ 鼓三通：打鼓三遍。

⑤ 磨旗：挥旗。刽子：刽子手，执行杀犯人的刀斧手。

⑥ 行动些：走快点。

⑦ 法场：执法、正法的地方，即刑场，处决犯人的地方。

⑧ 没来由：无缘无故。

⑨ 不提防：没有防备。这里是指没有料到的意思。遭刑宪：遭受刑法制裁。

⑩ 游魂：旧时迷信，认为人有灵魂，刚死或屈死的人，他们的灵魂飘荡不定，所以叫"游魂"。森罗殿：阎罗殿，也叫阎王殿，是阎王审案的厅堂。迷信说法，人死后灵魂要到阎王殿上受审判，那里极其阴森可怕，所以叫做"森罗殿"。

⑪ 也：助词，相当于"呀"。生：甚，深。这句是说，怎么能不把天地呀深深地埋怨。

⑫ 朝暮：白天和夜晚。这句是说，天上有日月照耀着人间的白天和夜晚，应该看得明白。

⑬ 生死权：决定人的生和死的大权。这句是说，地下有鬼神掌握着人的生和死，应该主持公道。

⑭ 合：应该。清浊：比喻是非好歹。

⑮ 糊突：糊涂。盗跖（zhí）：跖是传说中春秋末年奴隶起义的领袖，被历来统治者诬称为"大盗"。他长寿而终。颜渊：孔子的学生，被称为"贤者"。他贫穷短命。封建时代常把盗跖、颜渊作为坏人和好人的典型，并为盗跖"恶"却长寿，颜渊"贤"却早死而慨叹。这句是说，可是你怎么会把坏人和好人的命运搞颠倒了呢？

⑯ 寿延：长寿。

⑰ 顺水推船：比喻顺势行事，趋炎附势。

⑱ 何为地：怎能算做地。

⑲ 错勘：断错了案情。

⑳ 时辰：这里指法场开刀杀人的特定时间。

㉑ 枷：古时一种套在脖子上的刑具。纽：同"扭"，牵系。左侧右偏：东倒西歪的意思。

㉒ 偃（yān）：仰面倒下。前合后偃：前俯后倾，站不稳的意思。

㉓ 行（háng）：元代口语里在人称代词后面加"行"字，起指示方位的作用，相当于"那里"、"这边"等。"哥哥行"是哥哥那里的意思。这里是窦娥对刽子手们客气的称呼。

㉔ 冤：这句的"冤"字应为"怨"字。

㉕ 杳（yǎo）无音信：毫无消息。

㉖ 适才：刚才。

㉗ 餐刀：吃刀，挨刀，被刀砍的意思。

㉘ 气杀：气死。也么哥：表示感叹的语气词，无义。

㉙ 这句是说，在别人遭遇危难的时候，你好歹给行个方便吧。

㉚ 典刑：照王法的规定去接受死刑。

㉛ 冬时年节：指冬至和过年。

㉜ 月一十五：指每月的初一和十五，旧时常在这些时日祭祀鬼神。

㉝ 潋（jiǎn）：倾倒。下一句的"潋"是"浇"的意思，指祭祀时浇奠酒浆。浆水饭：残汤剩饭。

㉞ 纸钱：旧时迷信，大白纸上凿出铜钱的痕迹，或用锡箔纸粘成银锭的形状，叠成叠，串成串，烧化了作为送给鬼神的银钱。

㉟ 一陌（mò）儿：钱一百文。陌：佰。这里泛指一串纸钱。

㊱ 则是：只当是。

㊲ 葫芦提：当时的口语，糊里糊涂的意思。罪愆（qiān）：罪过。这句是说，想想我窦娥糊里糊涂地承担了这个罪名。

㊳ 干家缘：操持家务。

㊴ 伏侍：服侍。

㊵ 凉浆：冷汤冷饭，也就是剩汤饭。奠（diàn）：祭供死者。

㊶ 尸骸（hái）：尸体。烈：烧。

㊷ 亡化：死去。荐：祭奠的意思，给死者求福。

㊸ 没时没运：没有交上好运气，命运不好。

㊹ 不明不暗：不明不白，糊里糊涂。

㊺ 衔：含。这句是说，背着委屈，含着冤枉。

㊻ 喝：吆喝，呵斥。

㊼ 一领净席：一张干净的草席。

㊽ 丈二：一丈二尺。白练：白绸子。

㊾ 旗枪：顶上装有枪头的旗杆。

㊿ 休：不要。

(51) 者：语尾助词，无义。

(52) 打甚么不紧：有什么要紧，不打紧，不要紧，这是当时的俗语。

(53) 站：这里指让窦娥站着。

(54) 罚下：发誓立下。无头愿：没头没脑的誓愿，不着边际的愿望。

(55) 灵圣：天神显灵给人以祸福，这是一种迷信说法。这句是说，假如没有点灵验让世人传扬传扬。

(56) 不见得：看不到，显不出。湛湛（zhàn）：澄清，清明。这句是说，也显不出天道是清明公道的。

(57) 半星：半点儿。红尘：这里仅指地面上的尘土。

(58) 素：白色。这句是说，都只让血溅上那高挂在八尺旗枪顶上的白绸上。

(59) 四下里：四周，周围。

(60) 苌(cháng)弘化碧：这是个典故，出自《庄子·外物》，苌弘是周朝的忠臣，传说他冤枉被杀，三年后，他的血变成了青绿色的美玉。

(61) 望帝啼鹃：这个典故出自《成都记》，望帝是古代神话中周代末年的蜀王杜宇的称号。他为蜀消除水患有功，不久却让了位，退隐在西山。他死后，灵魂化为杜鹃鸟，啼声非常悲凄。

(62) 三伏天道：三伏天气，一年中最炎热的时候。

(63) 暄(xuān)：暖和，这里是热气熏蒸的意思。

(64) 飞霜六月因邹衍(yǎn)：古代传说，邹衍是战国时燕国的忠臣，燕惠王却听信谗言把他囚禁起来。他入狱的时候，仰天大哭，当时正是夏天，竟然下起霜来。后人便用"六月飞霜"来比拟冤狱。

(65) 六出冰花：指雪花，因为雪的结晶体形状一般呈现六瓣花样，所以说六出冰花。

(66) 免着我尸骸现：以免我的尸体暴露在外。

(67) 素车白马：白车白马，指送葬的车马。东汉时，范式与张劭(shào)是好朋友，张劭死时，范式从远地乘"素车白马"前来吊丧，后人便用它指代送葬的车马。

(68) 断送：发送，葬送，送死人下葬。古陌荒阡：荒郊野外。阡、陌都是田间小路，这里泛指野外。

⑥ 亢(kàng)：极。亢旱：大旱。

⑦ 期：期望，指望。这句是讲，你说的是对老天爷不能寄予期望。

⑦ 皇天：指天。这句是说，你不知道皇天也是肯顺从人的愿望的。

⑦ 做甚么：为什么。甘霖：甘雨，适时有益的好雨。

⑦ 东海曾经孝妇冤：传说汉代东海那个地方，有个寡妇叫周青，她对婆婆很孝顺，婆婆因年老，不愿拖累她，就自缢身死，婆婆的女儿便诬告周青杀害婆婆。地方官糊里糊涂地就把周青处死了。临刑前，周青发下了誓愿，于是东海一带大旱三年。后来有个叫于公的替她平反昭雪，东海一带才又降雨。

⑦ 正法：公正地执法。这句是说，这都是因为官吏们不想公正地执行法律。

⑦ 内：指后台。做风科：做出刮风的效果。

⑦ 明题遍：明明白白地全部讲清楚。

第　四　折

（窦天章冠带引丑张千①、祇从上，诗云）独立空堂思黯然②，高峰月出满林烟；非关有事人难睡，自是惊魂夜不眠。老夫窦天章是也。自离了我那端云孩儿，可早十六年光景。老夫自到京师③，一举及第④，官拜参知政事⑤。只因老夫廉能清正，节操坚刚⑥，谢圣恩可怜⑦，加老夫两淮提刑肃政廉访使之职⑧，随处审囚刷卷⑨，体察滥官污吏，容老夫先斩后奏。老夫一喜一悲：喜呵，老夫身居台省⑩，职掌刑名⑪，势剑金牌⑫，威权万里；悲呵，有端云孩儿，七岁上与了蔡婆婆为儿媳妇，老夫自得官之后，使人往楚州问蔡婆婆家，他邻里街坊道，自当年蔡婆婆不知搬到那里去了，至今音信皆无。老夫为端云孩儿，啼哭的眼目昏花，忧愁的须发斑白。今日来到这淮南地面，不知这楚州为何三年不雨？老夫今在这州厅安歇。张千，说与那州中大小属官，今日免参⑬，明日早见。（张千向古门云）一应大小属官，今日免参，明日早见。（窦天章云）张千，说与那六房吏典⑭，但有合刷照文卷⑮，都将来，待老夫灯下看几宗波。（张千送文卷科）（窦天章云）张千，你与我掌上灯。你每都辛苦了，自去歇息罢。我唤你便来，不唤你休来。（张千点灯，同祗从下）（窦天章云）我将这文卷看几宗咱。"一起犯人窦娥，将毒药致死公公。……"我才看头一宗文卷，就与老夫同姓；这药死公公的罪名，犯在十恶不赦⑯，俺同姓之人也有不畏法度的。这是问结了的文书⑰，不看他罢，我将这文卷压在底下，别看一宗咱。（做打呵欠科，云）不觉的一阵昏沉上来，皆因老夫年纪高大，鞍马劳困之故⑱。待我搭伏定书案⑲，歇息些儿咱。（做睡科。魂旦⑳上唱）

【双调新水令】我每日哭啼啼守住望乡台㉑，急煎煎把仇人等待，慢腾腾昏地里走，足律律旋风中来㉒。则被这雾锁云埋，撺掇的鬼魂快㉓。

（魂旦望科，云）门神户尉不放我进去㉔。我是廉访使窦天章女孩儿，因我屈死，父亲不知，特来托一梦与他咱。（唱）

【沉醉东风】我是那提刑的女孩，须不比现世的妖怪，怎不容我到灯影前，却拦截在门桯外[25]？（做叫科，云）我那爷爷呵[26]！（唱）枉自有势剑金牌，把俺这屈死三年的腐骨骸，怎脱离无边苦海？

（做入见哭科，窦天章亦哭科，云）端云孩儿，你在那里来？（魂旦虚下[27]）（窦天章做醒科，云）好是奇怪也！老夫才合眼去，梦见端云孩儿，恰便是似来我跟前一般[28]；如今在那里？我且再看这文卷咱。（魂旦上做弄灯科）（窦天章云）奇怪，我正要看文卷，怎么这灯忽明忽灭的？张千也睡着了，我自己剔灯咱。（做剔灯，魂旦翻文卷科。窦天章云）我剔的这灯明了也，再看几宗文卷。"一起犯人窦娥，药死公公。……"（做疑怪科，云）这一宗文卷，我为头看过[29]，压在文卷底下，怎生又在这上头？这几时问结了的，还压在底下，我别看一宗文卷波。（魂旦再弄灯科，窦天章云）怎么这灯又是半明半暗的？我再剔这灯咱。（做剔灯，魂旦再翻文卷科）（窦天章云）我剔的这灯明了，我另拿一宗文卷看咱。"一起犯人窦娥，药死公公……"呸！好是奇怪！我才将这文书分明压在底下，刚剔了这灯，怎么又翻在面上？莫不是楚州后厅里有鬼么？便无鬼呵，这桩事必有冤枉。将这文卷再压在底下，待我别看一宗如何？（魂旦又弄灯科，窦天章云）怎生这灯又不明了？敢有鬼弄这灯？我再剔一剔去。（做剔灯科。魂旦上，做撞见科。窦天章举剑击桌科，云）呸！我说有鬼！兀那鬼魂，老夫是朝廷钦差带牌走马肃政廉访使[30]，你向前来，一剑挥之两段。张千，亏你也睡的着，快起来，有鬼有鬼，兀的不吓杀老夫也！（魂旦唱）

【乔牌儿】则见他疑心儿胡乱猜，听了我这哭声儿转惊骇。哎，你个窦天章直恁的威风大,且受你孩儿窦娥这一拜。

(窦天章云)兀那鬼魂,你道窦天章是你父亲,"受你孩儿窦娥拜",你敢错认了也?我的女儿叫做端云,七岁上与了蔡婆婆为儿媳妇,你是窦娥,名字差了,怎生是我女孩儿?(魂旦云)父亲,你将我与了蔡婆婆家,改名做窦娥了也。(窦天章云)你便是端云孩儿?我不问你别的,这药死公公是你不是?(魂旦云)是你孩儿来。(窦天章云)嗏声㊳!你这小妮子,老夫为你啼哭的眼也花了,忧愁的头也白了,你划地犯下十恶大罪,受了典刑!我今日官居台省,职掌刑名,来此两淮审囚刷卷,体察滥官污吏;你是我亲生之女,老夫将你治不的,怎治他人?我当初将你嫁与他家呵,要你三从四德:三从者,在家从父,出嫁从夫,夫死从子;四德者,事公姑㊴,敬夫主,和妯娌,睦街坊。今三从四德全无,划地犯了十恶大罪。我窦家三辈无犯法之男、五世无再婚之女;到今日被你辱没祖宗世德㊵,又连累我的清名。你快与我细吐真情,不要虚言支对㊶。若说的有半厘差错,牒发你城隍祠内㊷,着你永世不得人身,罚在阴山永为饿鬼㊸。(魂旦云)父亲停嗔息怒㊹,暂罢狼虎之威,听你孩儿慢慢地说一遍咱,我三岁上亡了母亲,七岁上离了父亲,你将我送与蔡婆婆做儿媳妇。至十七岁与夫配合,才得两年,不幸儿夫亡化,和俺婆婆守寡。这山阳县南门外有个赛卢医,他少俺婆婆二十两银子,俺婆婆去取讨,被他赚到郊外,要将婆婆勒死;不想撞见张驴儿父子两个,救了俺婆婆性命。那张驴儿知道我家有个守寡的媳妇,便说:"你婆儿媳妇既无丈夫,不若招我父子两个。"俺婆婆初也不肯,那张驴儿道:"你若不肯,我依

旧勒死你。"俺婆婆惧怕，不得已含糊许了。只得将他父子
两个领到家中，养他过世。有张驴儿数次调戏你女孩儿，我
坚执不从。那一日俺婆婆身子不快，想羊肚儿汤吃，你孩儿
安排了汤。适值张驴儿父子两个问病，道："将汤来我尝一
尝。"说："汤便好，只少些盐醋。"赚的我去取盐醋，他就暗地
里下了毒药。实指望药杀俺婆婆，要强逼我成亲。不想俺
婆婆偶然发呕，不要汤吃，却让与老张吃，随即七窍流血药
死了㉛。张驴儿便道："窦娥药死了俺老子，你要官休？要私
休？"我便说："怎生是官休？怎生是私休？"他说："要官休，
告到官司，你与俺老子偿命；若私休，你便与我做老婆。"你
孩儿便道："好马不鞴双鞍，烈女不更二夫，我至死不与你做
媳妇，我情愿和你见官去。"他将你孩儿拖到官中，受尽三推
六问，吊拷绷扒㉜，便打死孩儿，也不肯认。怎当州这见孩儿
不认，便要拷打俺婆婆；我怕婆婆年老，受刑不起，只得屈认
了。因此押赴法场，将我典刑。你孩儿对天发下三桩誓愿：
第一桩，要丈二白练挂在旗枪上，若系冤枉，刀过头落，一腔
热血休滴在地下，都飞在白练上；第二桩，现今三伏天道，下
三尺瑞雪，遮掩你孩儿尸首；第三桩，着他楚州大旱三年。
果然血飞上白练，六月下雪，三年不雨，都是为你孩儿来。
（诗云）不告官司只告天，心中怨气口难言。防他老母遭刑
宪，情愿无辞认罪愆。三尺琼花骸骨掩㉝，一腔鲜血练旗悬；
岂独霜飞邹衍屈，今朝方表窦娥冤。（唱）

【雁儿落】你看这文卷曾道来不道来㉞，则我这冤枉要忍耐如何
耐？我不肯顺他人，倒着我赴法场；我不肯辱祖上，倒把我残
生坏。

【得胜令】呀，今日个搭伏定摄魂台㊷，一灵儿怨哀哀㊸。父亲也，你现掌着刑名事，亲蒙圣主差㊹。端详这文册㊺，那厮乱纲常当合败㊻。便万剐了乔才㊼，还道报冤仇不畅怀。

（窦天章做泣科，云）哎！我那屈死的儿，则被你痛杀我也！我且问你：这楚州三年不雨，可真个是为你来？（魂旦云）是为你孩儿来。（窦天章云）有这等事！到来朝我与你做主。（诗云）白头亲苦痛哀哉㊽，屈杀了你青春女孩。只恐怕天明了，你且回去，到来日我将文卷改正明白。（魂旦暂下）（窦天章云）呀，天色明了也。张千，我昨日看几宗文卷，中间有一鬼魂来诉冤枉。我唤你好几次，你再也不应，直恁的好睡那。（张千云）我小人两个鼻子孔一夜不曾闭，并不听见女鬼诉什么冤状，也不曾听见相公呼唤。（窦天章做叱科，云）嗯㊾！今日升厅坐衙，张千，喝撺厢者。（张千做吆喝科，云）在衙人马平安！抬书案㊿！（禀云）州官见。（外扮州官入参科）（张千云）该房吏典见㊿。（丑扮吏入参见科）（窦天章问云）你这楚州一郡，三年不雨，是为着何来？（州官云）这个是天道亢旱，楚州百姓之灾，下官等不知其罪。（窦天章做怒云）你等不知罪么！那山阳县有用毒药谋死公公犯妇窦娥，他问斩之时曾发愿道："若是果有冤枉，着你楚州三年不雨，寸草不生。"可有这件事来？（州官云）这罪是前升任桃州守问成的㊿，现有文卷。（窦天章云）这等糊突的官也着他升去！你是继他任的，三年之中可曾祭这冤妇么？（州官云）此犯系十恶大罪，元不曾有祠，所以不曾祭得。（窦天章云）昔日汉朝有一孝妇守寡，其姑自缢身死㊿，其姑女告孝妇杀姑，东海太守将孝妇斩了。只为一妇含冤，致令三年不

元杂剧

雨⑤。后于公治狱，仿佛见孝妇抱卷哭于厅前。于公将文卷改正，亲祭孝妇之墓，天乃大雨。今日你楚州大旱，岂不正与此事相类⑤？张千，分付该房金牌下山阳县⑥，着拘张驴儿、赛卢医、蔡婆婆一起人犯，火速解审，毋得违误片刻者。（张千云）理会得。（下）（丑扮解子押张驴儿⑤、蔡婆婆同张千上，禀云）山阳县解到审犯听点⑥。（窦天章云）张驴儿。（张驴儿云）有。（窦天章云）蔡婆婆。（蔡婆婆云）有。（窦天章云）怎么赛卢医是紧要人犯不到？（解子云）赛卢医三年前在逃，一面着广捕批缉拿去了⑥，待获日解审。（窦天章云）张驴儿，那蔡婆婆是你的后母么？（张驴儿云）母亲好冒认的？委实的。（窦天章云）这药死你父亲的毒药，卷上不见有合药的人，是那个的毒药？（张驴儿云）是窦娥自合就的毒药⑥。（窦天章云）这毒药必有一个卖药的医铺。想窦娥是个少年寡妇，那里讨这药来。张驴儿，敢是你合的毒药么？（张驴儿云）若是小人合的毒药，不药别人，倒药死自家老子？（窦天章云）我那屈死的儿咏，这一节是紧要公案⑥，你不自来折辩⑥，怎得一个明白？你如今冤魂却在那里？（魂旦上，云）张驴儿，这药不是你合的，是那个合的？（张驴儿做怕科，云）有鬼有鬼，撮盐入水⑥，太上老君⑥，急急如律令，敕⑥。（魂旦云）张驴儿，你当日下毒药在羊肚儿汤里，本意药死俺婆婆，要逼勒我做浑家。不想俺婆婆不吃，让与你父亲吃，被药死了。你今日还敢赖哩！（唱）

【川拨棹】猛见了你这吃敲材⑥，我只问你这毒药从何处来？你本意待暗里栽排⑥，要逼勒我和谐⑥，倒把你亲爷毒害，怎教咱替你耽罪责⑥！

（魂旦做打张驴儿科）（张驴儿做避科，云）太上老君，急急如律令，敕。大人说这毒药必有个卖药的医铺，若寻得这卖药的人来和小人折对⑪，死也无词。（丑扮解子解赛卢医上，云）山阳县续解到犯人一名赛卢医。（张千喝云）当面⑪。（窦天章云）你三年前要勒死蔡婆婆，赖他银子，这事怎么说？（赛卢医叩头科，云）小的要赖蔡婆婆银子的情是有的⑫，当被两个汉子救了，那婆婆并不曾死。（窦天章云）这两个汉子你认的他叫什么名姓？（赛卢医云）小的认便认得，慌忙之际可不曾问他名姓，（窦天章云）现有一个在阶下，你去认来。（赛卢医做下认科，云）这个是蔡婆婆。（指张驴儿云）想必这毒药事发了。（上云）是这一个。容小的诉禀：当日要勒死蔡婆婆时，正遇见他爷儿两个救了那婆婆去。过得几日，他到小铺中讨服毒药。小的是念佛吃斋人，不敢做昧心的事，说道："铺中只有官料药⑬，并无什么毒药。"他就睁着眼道："你昨日在郊外要勒死蔡婆婆，我拖你见官去。"小的一生最怕的是见官，只得将一服毒药与了他去。小的见他生相是个恶的⑭，一定拿这药去药死了人，久后败露，必然连累。小的一向逃在涿州地方，卖些老鼠药。刚刚是老鼠被药杀了好几个，药死人的药，其实再也不曾合。（魂旦唱）

【七弟兄】你只为赖财⑮，放乖⑯，要当灾⑯。（带云⑰）这毒药呵，（唱）原来是你赛卢医出卖张驴儿买，没来由填做我犯由牌⑱，到今日去衙门在。

　　（窦天章云）带那蔡婆婆上来。我看你也六十外人了，家中又是有钱钞的，如何又嫁了老张，做出这等事来？（蔡婆婆云)老妇人因为他爷儿两个救了我的性命,收留他在家养膳过世;那张驴儿常说要将他老子接脚进来,老妇人并不曾许他。(窦天章云)这等说,你那媳妇就不该认做药死公公了。

(魂旦云)当日问官要打俺婆婆,我怕他年老受刑不起,因此咱认做药死公公,委实是屈招个。(唱)

【梅花酒】你道是咱不该,这招状供写的明白,本一点孝顺的心怀,倒做了惹祸的胚胎。我只道官吏每还覆勘⑰,怎将咱屈斩首在长街!第一要素旗鲜血洒,第二要三尺雪将死尸埋,第三要三年旱示天灾,咱誓愿委实大。

【收江南】呀,这的是衙门从古向南开,就中无个不冤哉⑱!痛杀我娇姿弱体闭泉台⑲,早三年以外,则落的悠悠流恨似长淮。

(窦天章云)端云儿也,你这冤枉,我已尽知,你且回去,待我将这一起犯人并原问官吏另行定罪,改日做个水陆道场超度你升天便了⑳。(魂旦拜科,唱)

【鸳鸯煞尾】从今后把金牌势剑从头摆,将滥官污吏都杀坏㉑,与天子分忧,万民除害。(云)我可忘了一件,爹爹,俺婆婆年纪高大,无人侍养,你可收恤家中㉒,替你孩儿尽养生送死之礼,我便九泉之下,可也瞑目。(窦天章云)好孝顺的儿也!(魂旦唱)嘱咐你爹爹,收养我奶奶,可怜他无妇无儿,谁管顾年哀迈!现将那文卷舒开,(带云)爹爹也,把我窦娥名下,(唱)屈死的于伏罪名改㉓。(下)

(窦天章云)唤那蔡婆婆上来,你可认的我么?(蔡婆婆云)老妇人眼花了,不认的。(窦天章云)我便是窦天章。适才的鬼魂,便是我屈死的女孩儿端云。你这一行人听我不断:张驴儿毒杀亲爷,奸占寡妇,合拟凌迟㉔,押赴市曹中,钉上木驴⑳,剐一百二十刀处死。升任州守桃杌并该房吏典,刑名违错㉚,各杖一百,永不叙用㉛。赛卢医不合赖钱,勒死平民;又不合修合毒药,致伤人命,发烟障地面㉜,永远充军㉝。蔡婆婆我家收养。窦娥罪改正明白。(词云)莫道我念亡女与他灭罪消愆,也只可怜见楚州郡大旱三年。昔于公曾表白东海孝妇,果然是感召得灵雨如泉。岂可便推诿道天灾代有㉞,竟不想人之意感应通天㉟。今日个将文卷重行改正,方显得王家法不使民冤。

　　题目㊱秉鉴持衡廉访法㊲
　　正名　感天动地窦娥冤

讲一讲

　　① 冠带:穿戴正式的官服官帽。丑:元杂剧角色名称,多扮演地位低下的小人物或反面人物。

　　② 黯(àn)然:情绪低沉,容颜惨淡的样子。

　　③ 京师:京城。

　　④ 及第:科举考试中选。

　　⑤ 参知政事:官名。元代官制,参知政事隶属中书省,职位在右丞与左丞之下,是宰相的助理官。

　　⑥ 廉能清正,节操坚刚:清刚贤良,品德高尚,意志坚强刚正。

　　⑦ 谢:感谢。圣恩可怜:皇帝恩典提拔。

　　⑧ 加:加委,这里是廉任的意思。两淮:指江北淮东道和淮西江北道。提刑肃政廉访使:官名,掌管当地官吏善恶和刑

狱等事。

⑨ 随处：随到之处。审囚：审讯囚犯。

⑩ 台：指御史台，提刑肃政廉访使属于御史台。省：指中书省，参知政事属于中书省。这句是说身兼两方面的重要职务。

⑪ 职掌刑名：指掌握刑事案件的审判、裁决权。

⑫ 势剑：皇帝赐给官员的剑。它代表了皇帝的一部分权力，可以依法直接制裁官吏。也叫"尚方宝剑"。金牌：元代官制规定，万户（武官名）佩金虎符（兵权标志）。金牌是元代最高武官所佩带的金虎符。佩金牌说明官员的地位很高，权力很大。

⑬ 参：参拜，古代下级官员正式拜见上级官员叫"参"。

⑭ 六房：元代各级地方政府，一般都按职权的范围和性质，由吏、户、礼、兵、工六个部门组成，统称六房。六房吏典：主管六房的官吏。

⑮ 合：应当。刷照：清查、复核。

⑯ 十恶不赦：元代刑律里规定"十恶"的罪名是：谋反、谋大逆、谋叛、恶逆、不道、大不敬、不孝、不睦、不义、内乱。只要犯了其中任何一条，都要按律治罪，不许赦免。

⑰ 问结了：已经审讯结案了的。

⑱ 鞍马劳困：旅途疲劳。

⑲ 搭伏定：趴伏着。

⑳ 魂旦：扮演窦娥鬼魂的旦角。

㉑ 望乡台：迷信传说阴间有座"望乡台"，人死后，魂灵登此台可望见阳世间家乡亲人的情况。

㉒ 足律律：形容风迅速旋转的样子。

㉓ 撺掇（cuān duo）：催促，怂恿。

㉔ 门神户尉:古代迷信习俗,为了挡住鬼邪进门,在门上贴上神像,左边叫"门丞",右边叫"户尉",总称"门神"。

㉕ 门桯(tīng):嵌着门槛的石础,这里指大门。

㉖ 爷爷:这里指父亲。

㉗ 虚下:元杂剧术语,它提示演员在舞台上背过身去,面朝里,表示这个角色已经下场了,但实际上,这个角色并没真正下场。

㉘ 恰便是:好像是。

㉙ 为头:先前,刚才。

㉚ 钦差(chāi):皇帝亲自派遣出外办理重大事件的官员。带牌:佩带金牌。走马:肃政廉访使有使用官马和驿道的特权。这里指窦天章骑着官马到各地巡察。

㉛ 噤(jìn)声:喝令住口。

㉜ 事:侍奉。公:公公。姑:婆婆。

㉝ 世德:世代相传的品德。

㉞ 虚言:假话。支对:支吾答对。

㉟ 牒(dié):公文,凭证。发:送。牒发:拿着公文解送。城隍(huáng):道教所说的惩治鬼邪,守护城池的一种神。城隍祠:城隍庙。

㊱ 阴山:迷信说法,阴间有大石山,那里阴森寒冷,没有食物,是有罪鬼忍饥受冻的地狱。

㊲ 嗔(chēn):生气、发怒。

㊳ 七窍:指两耳、两目、两鼻孔、一口,共七孔。

㊴ 吊拷:把人吊起来拷打。绷(bēng)扒:剥去衣服,用绳子捆绑起来。这里泛指各种毒刑。

㊵ 琼花：像玉一样的白雪，指雪花。

㊶ 曾道来不道来：说过还是没说过，指文卷上有没有说明事实。

㊷ 摄魂台：迷信说法，能勾取镇摄死人灵魂的地方。

㊸ 一灵儿：指游魂。

㊹ 蒙：受。差（chāi）：差遣。

㊺ 端详：仔细察看。

㊻ 纲常：三纲五常的省称。三纲指君为臣纲，父为子纲，夫为妻纲。五常指仁、义、礼、智、信。这些是封建社会伦理道德的标准。当合败：理应到了该败露的时候了。

㊼ 万剐（guǎ）：一种酷刑，把犯人的肉从骨头上一片一片地剐下来。说“万剐”犹如说“杀千刀”。乔才：恶棍，坏蛋。

㊽ 白头亲：这里指年老头白的父亲。

㊾ 哏（tuì）：呵斥之词。

㊿ 在衙人马平安！抬书案：这是元杂剧中官员升堂坐衙时，衙役按仪式吆喝的一种吉祥话。字面意思是说全衙人员都好呵，实际上是宣布官员要来了。抬书案是泛指做好了开厅审案的准备。

(51) 该房：与窦娥一案有关的那个部门。

(52) 前升任：已经升官走了的前任官员。

(53) 缢（yì）：吊死。

(54) 致令：所以使得。

(55) 相类：相类似、相像。

(56) 分付：同“吩咐”。签牌：签发拘捕人的牌证，是拘拿犯人的凭证。下山阳县：下达给山阳县县令。

(57) 解子:押解犯人的公差。

(58) 听点:听候点名。

(59) 广捕批缉(jī)拿:下通缉令,发文书四处捉拿。

(60) 就:成。

(61) 这一节:这个节骨眼儿。

(62) 折辩:分辩,辩白。

(63) 有鬼有鬼,撮盐入水:这是张驴儿模仿道士用骗人的符法咒语来驱鬼。道士在作符法时,要在堂室中洒盐水,盐入水中,即行消解,比喻让鬼立刻消失的意思。

(64) 太上老君:即老子。春秋战国时楚国苦县人。曾经做过周朝藏书室史官,著有《老子》一书。是道教始祖。

(65) 急急:急速、赶快。如律令:原是汉代公文末尾例行用语,是要求赶快按照律令办事的意思。后来,道教加以模仿,在画符念咒时,往往以此句结尾,表示请求他们所寄以希望的"神仙"急速按照符咒的要求去办事。敕(chì):本指诏书、命令,这里做斥责的声音用。

(66) 吃敲材:该挨打的家伙。元代刑法,杖杀叫做"敲"。

(67) 栽排:安排,布置。暗里栽排:暗地里安排,搞阴谋的意思。

(68) 和谐:顺从。

(69) 耽:同"担",担当。

(70) 折对:面对面地对证,对质。

(71) 当面:命令犯人面对审讯官员下跪。犯人见官时,衙役在旁边吆喝"当面",犯人立即下跪,以后便用"当面"指代下跪。

(72) 的情:实情。

⑦ 官料药：被官方批准出售的合法药材。

⑦ 生相：长相，相貌。

⑦ 放乖：放肆无赖，耍弄聪明。

⑦ 要当灾：合当蒙受灾难。

⑦ 带云：表示唱词中插入道白。

⑦ 犯由牌：写明犯人罪状的木牌。

⑦ 覆（fù）勘：审察核对。

⑧ 就中：内中内里。

⑧ 泉台：指坟墓。闭泉台：埋在坟里，这里指阴间。

⑧ 水陆道场：是佛教设斋以救度水陆鬼神苦恼的法会。超度：佛教、道教认为，念经拜忏可以救度死者超越苦难。升天：上天堂。佛教认为，人死后，魂灵或升于天界，或坠入地狱。入地狱的，如果经阳世间的人为他超度，也可以上天堂。

⑧ 杀坏：杀死。

⑧ 收恤（xù）：收养照顾。

⑧ 于伏：疑为招伏。指诬服，屈招。

⑧ 合拟：该当，应该。凌迟：古代一种酷刑。犯人受刑时，先砍去他的四肢，然后割断他的咽喉，使他受尽痛苦，然后死去。俗称剐刑。

⑧ 木驴：一种刑具。凌迟之前，把犯人绑在有铁刺的木桩上，游街示众，叫做"骑木驴"。

⑧ 刑名违错：违背事实，判错了案子。

⑧ 永不叙用：永远不准选录做官吏。

⑨ 发：发配。烟障：同"烟瘴"。深山丛林中蒸发出来的湿热雾气，人接触后极易生病。烟障地面：是指我国西南边远地区，

那里潮湿、炎热、多雾、疫病流行,是古代发配充军的地方。

⑨ 充军:刑罚的一种,发配人到边远的地区服役。

⑨ 推诿(wěi):找借口推卸责任。天灾代有:天灾是时常会发生的。

⑨ 感应:人的虔诚可使上天感而回应。

⑨ 题目、正名:元杂剧每本末尾通常用两句或四句对子概括全剧中心内容,前半部分叫题目,后半部分叫正名。一般取末句为剧的全名,取末句中能代表全剧内容的几个字为全名的简名。如本剧全名《感天动地窦娥冤》,简名为《窦娥冤》。

⑨ 秉鉴:拿着镜子,比喻窦天章审理案件清楚明白,像镜子一样清明,没有隐藏。持衡:提着天平,比喻窦天章执法像天平一样公正。

帮你读

《窦娥冤》是我国元代伟大的戏剧家关汉卿的代表作。剧中成功地塑造了一个个性突出的典型人物——窦娥。

窦娥三岁丧母,七岁便成了高利贷的牺牲品,做了童养媳。她十七岁完婚,当年丈夫就死去了。面对这种种不幸的遭遇,她虽然也感叹"旧愁新恨几时休",但还是归结于"前世里烧香不到头。"她尽孝、守节,"对今人早将来世修",逆来顺受,与世无争。她完全是一个封建社会陶冶出来的被压迫妇女的典型。但是,在黑暗的封建社会,想做稳奴隶也不可能,张驴儿父子闯进蔡家,给窦娥幻想的宁静生活掀起了轩然大波。流氓张驴儿逼迫窦娥结亲,遭到了断然拒绝。张驴儿无耻地拉她去拜堂,窦娥声色俱厉地斥责道："兀那厮,靠后。"一把将他推倒在地,表现出坚贞不屈的反抗精神。张驴儿弄巧成拙药死亲爹,却反诬窦娥,还以告官相要挟。窦娥毫不含糊地反击张驴儿,"情愿和你见官去"。入世未深的窦娥,把希望寄托在官府中。

然而,现实生活再不允许窦娥用玫瑰花瓣编织幻想的花环了。正是那所谓"明如镜、清如水"的桃杌太守滥施酷刑,打得窦娥"肉都飞,血淋漓","一杖下,一道血,一层皮"。即使这样,窦娥也决不招认,甚至反过来责问:"则我这小妇人毒药来从何处也?"她高声喊冤,倔犟地申辩:"委的不是小妇人下毒药来。"只是为救婆婆,她才饮恨屈招。流氓的狠毒、官吏的残酷、法律的野蛮使窦娥从朦胧中觉醒过来,她的思想性格发生了质的飞跃。铺天盖地的一曲《滚绣球》是窦娥对世界的主宰者"天地"发出的抗议和斥骂:"地也,你不分好歹何为地?天也,你错勘贤愚枉做天!"这"天问"式的控诉,表达了封建社会里千千万万被压迫者的心声。什么清正廉洁,执法如山;什么救民水火,解民倒悬,"衙门从古向南开,就中无个不冤哉"!当时的社会就是一个大冤狱。窦娥对天地的怀疑和呵斥,实质上是对封建统治秩序的否定,是对草菅人命的封建强权专制最猛烈、最尖锐的批判。

坚强的窦娥不甘心这样不明不白地死去,她相信正义在自己方面,刑场上她发下三桩誓愿:血溅白练;六月飞雪;亢旱三年。她不是在祈求上苍的可怜,而是要让天地听从她的意愿,勒令它造成反常的气象来昭示她的冤屈。"这都是官吏每无心正法,使百姓有口难言。"这是窦娥用生命换来的对黑暗现实的清醒认识,她的反抗性格在这里发展到了最高峰。

窦娥含冤被杀了,但她死不瞑目,"每日哭啼啼守住望乡台,急煎煎把仇人等待。"这是个急切等待复仇的冤魂,她敦促父亲替她伸冤报仇。"三项誓愿"只是证明了冤情,证明了窦娥的清白,而"鬼魂报仇"却行动性地把复仇付诸实施,这是活窦娥反抗精神的继续。她提出:"从今后把金牌势剑从头摆,将滥官污吏都杀坏。"这分明是元代社会身受阶级、民族双重压迫的广大劳苦大众的心声。经过窦天章的审理,沉冤终于大白,窦娥的反抗终于取得了最后胜利。

从恪守封建道德到否定天地鬼神,从反抗张驴儿到反抗楚州太守,进而反抗整个黑暗官场,斗争的目标越来越大。窦娥的反抗性格,集中体现了人民反抗封建压迫的斗争意志,具有激励被压迫者奋起抗争的精神力量。像窦娥这样的柔弱女子都被社会逼反了,说明了人民的普遍不满和日益觉醒,这样的社会,它的存在还能是合理的吗?这也是窦娥形象的意义所在。

《窦娥冤》的浪漫主义手法的运用,在古典戏剧中是一个成功的典范。我们知道,在现实生活中,像窦娥鬼魂告状惩恶除奸,三桩誓愿一一实现等情节是不可能存在的,然而在作品中却发生了,而且是那样的自然,那样的合情合理。虽然这是出于戏剧家的大胆想象和夸张,可我们读起来毫无牵强虚假之感,反而觉得完全符合生活的真实。这是因为它是在现实的基础上产生的。窦娥的千古奇冤是现实的,所以,证明她冤屈的三桩誓愿也就可信了,鬼魂告状不仅符合窦娥性格发展逻辑,而且还体现了广大人民要洗清天下冤屈的意愿。因此,剧中浪漫主义手法的运用,一方面烘托了窦娥的反抗性格,同时也鲜明地反映出人民群众的理想。《窦娥冤》不愧是我国古典文学创作中进步的现实主义和浪漫主义相结合的典范。

元杂剧

《窦娥冤》另一个特点是场面安排紧凑、集中,剪裁巧妙。按剧中交代,窦娥七岁到蔡婆婆家做童养媳,二十岁蒙冤而死,三年后才昭雪,前后经历了十六年,可是关汉卿并没有杂乱无章地描写窦娥这十六年的琐碎生活,而是紧紧抓住"窦娥冤"这个中心事件来展开矛盾冲突,一切和主题没有多大关系的场面都略去了。如窦娥童年的身世,到蔡家当童养媳,结婚,丈夫去世,守寡等,作者只用一个楔子和第一折开始几句话就简括地表述清楚了,真是惜墨如金。作者把腾出的场面用来集中表现对黑暗政治的揭露和控诉。窦娥赴刑场的场面仅有几个时辰,但剧作家却精雕细刻,用了第三折整整一折的篇幅来描写,倾泻窦娥胸中的愤懑,表达人民反抗的呼声,这又是泼墨如云。整个戏详略得当,场面安排颇具匠心,使全剧显得紧凑、集中,富有典型性,很好地突出了主题。

元杂剧的语言历来有"文采派"和"本色派"之分。关汉卿是"本色派"的代表。所谓本色,是指曲文质朴自然,接近生活语言,而少用典故或骈俪语词的修辞方法和风格。《窦娥冤》就具有本色语言的特色。它的曲词偏重于叙事说事,少有景物描写,语言自然质朴,又具有艺术韵味。如第一折窦娥唱的【油葫芦】就好像在低声倾诉着自己的不幸,那样的清澈如水,明白如话,既像普通口语那样通俗,又切合戏中演唱的音韵朗朗上口,还蕴涵着无限深意,几句唱词,就把一个生下来就和忧愁相厮守的窦娥形象和盘托出。

《窦娥冤》的说白,对话多而独白少,很少有典故的堆砌和字句的雕琢,作者善于抓住人物的性格特征,往往一两句话就画出了人物的灵魂。如第二折,太守桃杌在上场诗念云:"我做官人胜别人，告状来的要金银。"当张驴儿拖窦娥及蔡婆婆上来告状时跪在前面，太守也连忙跪下了，旁边的祗候说："相公！是来告状的，怎生跪着他？"太守说："你不知道，但来告状的，就是我衣食父母。"在贪官污吏想来，"千里做官只为财"，有百姓来告状，就有财可发，因此，来告状的当然就是他的衣食父母了，作者只用一句话就活画出一个贪官的形象，真是力透纸背，入木三分。

　　《窦娥冤》剧中人物大多是社会下层人物，作者采用本色语言正好适合戏中人物的身份。这些人物都是直截了当地表达自己的思想感情，而不是间接地、委婉含蓄地抒发内心世界，因此，剧中人物的性格都得到了淋漓尽致的表现，这显示出关汉卿驾驭语言的高超能力。正如后人说他"字字本色，故当元人第一"。（王国维《宋元戏曲史》）

元杂剧

西厢记

王实甫

　　王实甫,名德信,大都(今天的北京市)人。他是我国元代最杰出的杂剧作家之一。生卒年和生平事迹不详。他创作的主要活动时期大约在元成宗元贞、大德年间(1295~1307)。王实甫的剧作共有十四种,可惜大部分已经失传,现存的只有《西厢记》、《破窑记》、《丽春堂》三种以及《贩蔡船》、《芙蓉亭》二剧的片段。其中《西厢记》成就最高,有"天下夺魁"的赞誉。

　　《西厢记》的故事最早见于唐代元稹写的传奇小说《莺莺传》。到了宋代,苏轼、秦观、赵令畤等文人曾用词的形式歌咏过这个故事。到了金代,董解元把它改编为《西厢记诸宫调》,人称《董西厢》。它在主题思想、人物性格和故事情节方面都有了新的发展,而且变悲剧为喜剧,深受市民们的欢迎。杂剧《西厢记》就是王实甫在这一基础上加工改写而成的,人称《王西厢》。它的情节更趋合理,创造的几个典型人物栩栩如生,具有较高的成就。全剧通过张生和崔莺莺的爱情故事,热情歌颂了青年男女反抗封建礼教、争取婚姻自由的斗争,深刻地揭露了封建礼教对青年男女的摧残,提出了爱情自由、婚姻自主的民主思想,具有强烈的时代精神。

元杂剧

　　《西厢记》全名《崔莺莺待月西厢记》，一共五本，第一、三、四、五本各是四折加一个楔子，第二本是五折，没有楔子。各本之间用〔络丝娘煞尾〕这个曲牌连接，构成一个有头有尾、情节连贯的完整故事。全剧的主要情节是：

　　第一本"张君瑞闹道场"。唐朝崔丞相去世后，夫人郑氏携带十九岁的女儿莺莺扶灵柩回故乡博陵安葬，因路途阻隔，暂住于河中府普救寺内西厢下的一座宅子里。夫人写信召她的侄儿郑恒前来相助。郑恒是郑尚书的长子，崔相国在世时已将莺莺许给他为妻，只因父丧没满，未得成亲。这时，有个穷书生姓张，名珙，字君瑞的也来到普救寺，与莺莺一见钟情，但却因礼教的阻隔无从亲近。

　　第二本"崔莺莺夜听琴"。叛将孙子飞虎听说莺莺有倾国倾城之貌，竟兵围普救寺，限三日内将莺莺献出，做他的押寨夫人。为救女儿，崔母下招贤令：谁能献计退去贼兵，便将莺莺嫁给他。张生挺身而出，一封书信请来好友白马将军杜确，解了重围。不料，崔母却在酒宴上赖婚，只许张生与莺莺以兄妹相称。在莺莺的婢女红娘的帮助下，张生通过琴声向莺莺诉说了自己的心事，加深了彼此的爱情。

　　第三本"张君瑞害相思"。自从那夜听琴以后，张生相思成病，他趁红娘前来探病的机会，捎信给莺莺。莺莺回信约他夜间在花园相会。莺莺在见面时，故意摆出相府千金的架子训斥张生，约会告吹，张生从此竟卧病不起。莺莺自觉不对，又让红娘去送"药方"，其实是约张生再次幽会。

　　第四本"草桥店梦莺莺"。在红娘的帮助下，莺莺终于大胆地来到张生书房，私订了终身。事情被崔母发觉，要审问拷打穿针引线的红娘。红娘仗义执言，指责崔母背义忘恩，她以机智和雄辩制服了老夫人。老夫人只得承认这既成的事实，但又以"俺三辈儿不招白衣女婿"为由，逼令张生上京应试，以考取状元作为娶莺莺的先决条件。张生忍痛别离，莺莺送张生于十里长亭（本文选的就是这部分）。张生夜宿草桥店，梦中与莺莺相会。

第五本"张君瑞庆团圞（luán）"。张生到京城应考，果然中了状元，被授为河南府尹。不料这当儿，郑恒先来到普救寺，造谣说张生在京师已做了卫尚书的女婿，并以幼时婚约胁迫莺莺成婚。崔母出尔反尔，竟让郑恒选择吉日与莺莺成亲。成亲那天，恰巧张生及时赶到，揭穿了郑恒的阴谋，郑恒羞愧自尽。在白马将军的主婚下，张生和莺莺终于结为美满夫妻。全剧在"愿普天下有情的都成了眷属"的合唱中结束。

下面选的是第四本第三折。

第四本　草桥店梦莺莺

第 三 折

（夫人、长老上，云①）今日送张生赴京，就十里长亭②，安排下筵席。我和长老先行，不见张生、小姐来到。（旦、末、红同上③）（旦云）今日送张生上朝取应。早是离人伤感④，况值那暮秋天气⑤，好烦恼人也呵！悲欢聚散一杯酒⑥，南北东西万

里程⑦。（唱）

【正宫端正好】碧云天，黄花地⑧，西风紧，北雁南飞。晓来谁染霜林醉⑨？总是离人泪⑩。

【滚绣球】恨相见得迟，怨归去得疾。柳丝长玉骢难系⑪，恨不得倩疏林挂住斜晖⑫。马儿迍迍的行，车儿快快的随⑬。却告了相思回避⑭，破题儿又早别离⑮。听得道一声"去也"，松了金钏⑯；遥望见十里长亭，减了玉肌⑰。此恨谁知？

（红云）姐姐今日怎么不打扮？（旦云）你那知我的心哩！（唱）

【叨叨令】见安排着车儿、马儿，不由人熬熬煎煎的气⑱。有甚么心情将花儿、靥儿，打扮的娇娇滴滴的媚⑲。准备着被儿、枕儿，则索昏昏沉沉的睡。从今后衫儿、袖儿，都揾湿做重重叠叠的泪⑳。兀的不闷杀人也么哥㉑，兀的不闷杀人也么哥！久已后书儿、信儿，索与我恓恓惶惶的寄㉒。

（做到了科㉓，见夫人了）（夫人云）张生和长老坐，小姐这壁坐，红娘将酒来。张生，你向前来，是自家亲眷，不要迴避。俺今日将莺莺与你，到京师休辱没了俺孩儿，挣揣一个状元回来者㉔。（末云）小生托夫人余荫㉕，凭着胸中之才，视得官如拾芥耳㉖。（洁云㉗）夫人主张不差，张生不是落后的人。（把酒了㉘，坐）（旦长吁科）（唱）

【脱布衫】下西风黄叶纷飞，染寒烟衰草萋迷㉙。酒席上斜签着坐的㉚，蹙愁眉死临侵地㉛。

【小梁州】我见他阁泪汪汪不敢垂㉜，恐怕人知。猛然见了把头低，长吁气，推整素罗衣㉝。

【幺篇】㉞虽我久后成佳配，奈时间怎不悲啼㉟。意似痴，心如醉，

昨宵今日，清减了小腰围③。

（夫人云）小姐把盏者③！（红递酒了，旦把盏长吁科，云）请
吃酒！（唱）

【上小楼】合欢未已，离愁相继③，想着俺前暮私情，昨夜成亲，今
日别离；我谂知这几日相思滋味③，却原来比别离情更增十倍。

【幺篇】年少呵轻远别，情薄呵易弃掷④。全不想腿儿相压，脸儿
相偎，手儿相携。你与俺崔相国做女婿，妻荣夫贵④，但得个并头

莲,煞强如状元及第^㊷。

（夫人云）红娘把盏者！（红把酒科）（旦唱）

【满庭芳】供食太急,须臾对面^㊸,顷刻别离。若不是酒席间子母每当迴避^㊹,有心待与他举案齐眉。虽然是厮守得一时半刻,也合着俺夫妻每共桌而食^㊺。眼底空留意,寻思起就里^㊻,险化做望夫石^㊼。

（红云）姐姐不曾吃早饭,饮一口儿汤水。（旦云）红娘,什么汤水咽得下！（唱）

【快活三】将来的酒共食,尝着似土和泥;假若便是土和泥,也有些土气息,泥滋味^㊽。

【朝天子】暖融融玉醅,白泠泠似水^㊾,多半是相思泪,眼面前茶饭怕不待要吃,恨塞满愁肠胃^㊿。"蜗角虚名,蝇头微利"⁽⁵¹⁾,拆鸳鸯在两下里,一个这壁,一个那壁,一递一声长吁气⁽⁵²⁾。

（夫人云）辆起车儿⁽⁵³⁾,俺先回去,小姐随后和红娘来。（下）（末辞洁科）（洁云）此一行别无话说,贫僧准备买登科录看⁽⁵⁴⁾,做亲的茶饭少不得贫僧的⁽⁵⁵⁾。先生在意,鞍马上保重者⁽⁵⁶⁾！"从今经忏无心礼,专听春雷第一声⁽⁵⁷⁾。"（下）（旦唱）

【四边静】霎时间杯盘狼藉⁽⁵⁸⁾,车儿投东,马儿向西。两意徘徊,落日山横翠⁽⁵⁹⁾。如他今宵宿在那里？有梦也难寻觅。

（旦云）张生,此一行得官不得官,疾早便回来。（末云）小生这一去,白夺一个状元⁽⁶⁰⁾。正是:"青霄有路终须到⁽⁶¹⁾,金榜无名誓不归⁽⁶²⁾。"（旦云）君行别无所赠,口占一绝⁽⁶³⁾,为君送行:"弃掷今何在,当时且自亲。还将旧来意,怜取眼前人。⁽⁶⁴⁾"（末云）小姐之意差矣,张珙更敢怜谁？谨赓一绝,以剖寸心⁽⁶⁵⁾:"人生长远别,孰与最关亲？不遇知音者,谁怜长叹

人"⑯？（旦唱）

【耍孩儿】淋漓襟袖啼红泪⑰，比司马青衫更湿⑱。伯劳东去燕西飞⑲，未登程先问归期，虽然眼底人千里⑳，且尽生前酒一杯。未饮心先醉㉑，眼中流血，心内成灰㉒。

【五煞】到京师服水土，趁程途节饮食，顺时自保揣身体㉓。荒村雨露宜眠早，野店风霜要起迟㉔！鞍马秋风里，最难调护，最要扶持㉕。

【四煞】这忧愁诉与谁？相思只自知，老天不管人憔悴。泪添九曲黄河溢㉖，恨压三峰华岳低㉗。到晚来闷把西楼倚㉘，见了些夕阳古道，衰柳长堤。

元杂剧

【三煞】笑吟吟一处来，哭啼啼独自归。归家若到罗帏里㉙，昨宵个绣衾香暖留春住㉚，今夜个翠被生寒有梦知㉛。留恋你别无计，见据鞍上马㉜，搁不住泪眼愁眉。

（末云）有甚言语嘱咐小生咱？（旦唱）

【二煞】你休忧"文齐福不齐"㉝，我则怕你"停妻再娶妻"㉞。你休要"一春鱼雁无消息"㉟！我这里青鸾有信频须寄㊱，你却休"金榜无名誓不归"。此一节君须记：若见了那异乡花草，再休似此处栖迟㊲。

（末云）再谁似小姐？小生又生此念。（旦唱）

元杂剧

【一煞】青山隔送行,疏林不做美㉘,淡烟暮霭相遮蔽㉙。夕阳古道无人语㉚,禾黍秋风听马嘶㉛。我为甚么懒上车儿内,来时甚急,去后何迟?

(红云)夫人去好一会,姐姐,咱家去!(旦唱)

【收尾】四围山色中,一鞭残照里㉜。遍人间烦恼填胸臆㉝,量这些大小车儿如何载得起㉞?

(旦、红下)(末云㉟)仆童赶早行一程儿,早寻个宿处。泪随流水急㊱,愁逐野云飞㊲。(下)

元杂剧

① 夫人:指崔莺莺的母亲。长(zhǎng)老:寺院住持僧(主管寺中事务的和尚)的通称。这里指普救寺的法本和尚。云:道白。这里指夫人讲话。

② 十里长亭:古代大路旁边,设有供行人歇脚和为送别饯行而用的亭子,大约十里一长亭,五里一短亭。

③ 旦:指扮演崔莺莺的正旦。末:指扮演张生的正末。红:指莺莺的贴身丫环红娘。

④ 早是:原已是。离人:即将分手上路的人。

⑤ 况值:何况又正遇上。

⑥ 悲欢、聚散:都是偏义复词,取"悲""散"义。

⑦ 这句是说,饮酒之后就要分离,相隔天涯海角。

⑧ 碧云天:蔚蓝的天空飘着秋云。黄花:指菊花。黄花地:大地上到处是零落的菊花。以上两句是由宋代范仲淹《苏幕遮》的词"碧云天,黄叶地"脱化而来。

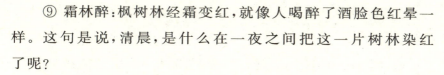

⑨ 霜林醉：枫树林经霜变红，就像人喝醉了酒脸色红晕一样。这句是说，清晨，是什么在一夜之间把这一片树林染红了呢？

⑩ 总是离人泪：一定是离别之人带血的眼泪。

⑪ 玉骢(cōng)：一种青白色的骏马，今名菊花青马，也泛指马。系(jì)：拴住。这句是说，莺莺看到柳丝虽然很长，却拴不住张生骑的马，无法留住要远行的人。

⑫ 倩(qiàn)：请，央求。斜晖：斜照的阳光。这句是说，看到疏朗的树林，就恨不得想请它们拴住流逝的阳光，让时间走慢一点。

⑬ 迍迍(tún)：行动迟缓，流连不进的样子。这句写张生骑马在前，莺莺要马儿慢慢地走，好让自己同张生更靠近些；自己坐车在后，让车儿快快跟上，好让自己同张生有更多的时间待在一起。

⑭ 却：恰、才。回避：躲避。这句是说，刚刚摆脱了情人之间的相思之苦。

⑮ 破题儿：唐宋以来，考试诗赋文章时，开头解析题意叫做破题，这里比喻事情的开端，起始。这句是说，才开始在一起又要很快分离。

⑯ 钏(chuàn)：镯子，一种带在手腕或脚腕上的环形装饰品。松了金钏：手上的金镯子就松下来了，形容人因忧愁而一下子变瘦了。

⑰ 减了玉肌：肌肤消瘦了。玉肌是形容女人的肌肤像玉一样光洁。

⑱ 熬熬煎煎：愁闷焦灼，忧心如焚。

⑲ 靥（yè）儿：古代女子贴在额头或两鬓上的妆饰。媚：美好。

⑳ 揾（wèn）：揩拭。这句是说，分别以后，用衫袖揩抹不尽的眼泪。

㉑ 兀的不：这怎么不。闷杀：烦闷死人。

㉒ 索：必须，应该。恓恓（xī）惶惶：忙碌不安的样子，这里是"急忙"、"赶紧"的意思。这句是嘱咐张生分别后一定要赶紧寄书信回来。

㉓ 做到了科：表演出到了某处（这里指长亭）的动作。

㉔ 挣揣（chuǎi）：努力争取。者：句末语气词。

㉕ 托夫人余荫：靠夫人的恩德。余荫：恩泽、福分所能达到的地方。

㉖ 芥（jiè）：小草。拾芥：比喻轻而易举。这句是说，把取功名看得像拾小草那样容易，唾手可得。

㉗ 洁：元杂剧称僧人为洁郎，省称洁。这里指上面出场的法本和尚。

㉘ 把酒：斟酒。

㉙ 衰草凄迷：枯草遍地，一片凄凉迷茫的景象。

㉚ 斜签着坐的：侧着身子坐着。这是古代晚辈侍坐的一种礼节，这里是指张生。

㉛ 蹙（cù）：皱起。死临侵地：形容神情呆滞，无精打采，半死不活的样子。

㉜ 阁：同"搁"，饱含的意思。阁泪汪汪不敢垂：眼眶里饱含着泪珠，却不敢让它流下来。

㉝ 揎：有"装作"的意思。这句是说，装作整理衣裳。

㉞【幺(yāo)篇】:元杂剧中凡重复前曲的叫幺篇,有时与前曲的字数有出入。

㉟ 奈:无奈。时间:现在,目前。奈时间:无奈眼前这个时候。

㊱ 意似痴:神情痴呆得像个傻子。清减了小腰围:腰肢消瘦了。

㊲ 把盏:把酒、劝酒。

㊳ 合欢:指男女相结合。未已:没有完结,时间不久,刚开始的意思。这句是说,成亲的欢乐刚开了个头。继:随后,连续。

㊴ 成亲:这里指崔母答应他们的婚事。谂(shěn)知:深知,深深地体会到。这句是说,我已经深深体会到了相思滋味的苦痛。

㊵ 轻:轻易,不重视。这句是说,年轻人把远别不当一回事。情薄:感情淡漠。弃掷:抛弃,指喜新厌旧。

㊶ 妻荣夫贵:当时的成语是"夫荣妻贵",妻子可以依靠丈夫的荣耀而尊贵起来。这里反其意而用之,是说莺莺是相国千金,已经具有尊贵的身份了,那么,张生没有必要再上京去求取功名了。

㊷ 但:只。并头莲:并蒂莲,比喻男女恩爱。煞强如:胜于,赛过。

㊸ 供食太急:酒菜上得太快。须臾(yú):一会儿。

㊹ 子母每当迴避:在母亲面前应当避忌。

㊺ 也合着:也该教。

㊻ 眼底空留意:白白地以目送情表达心意。寻思:思索,考虑。就理:内里情事,指与张生恋爱过程中的波折。这句是说,

思想起内里这些事来，心情就翻腾不止。

㊼ 险：差一点。

㊽ 将来的：拿来的。此三句是说，这些酒食连泥土都不如，一点滋味也没有。

㊾ 玉醅（pēi）：美酒。白泠泠（líng）：清淡，没味道。

㊿ 怕不待：难道不想。恨塞满愁肠胃：只是因为离愁别恨塞满肠胃，吃不下去了。

(51) 蜗角虚名：这个典故出自《庄子·则阳》篇。是说在蜗牛的两角有两个国家，左边的叫蛮氏，右边的叫触氏，两国因为争夺土地而打仗，死了一百万人。蜗角本来很小，争战得地自然更微不足道了。这里比喻像蜗角那样微小空虚的名誉。蝇头微利：这个典故出自汉代班固的《难庄论》，说世人争利就像苍蝇追逐肉汁一样所沾不多。这里用来比喻人们为微小的名利而奔走。

(52) 一递一声长吁声：莺莺和张生接连不断地长长叹息。

(53) 辆：做动词用，套起，驾起。

(54) 登科录：科举考试后公布的录取名册。

(55) 做亲的茶饭：指结婚时设置的筵席。

(56) 在意：注意，留神。鞍马上：路途中。

(57) 经忏：经文忏词，这里泛指佛经。礼：礼拜，引申为诵习。春雷第一声：指应试考中状元的捷报。

(58) 狼藉：纵横散乱的样子。

(59) 两意徘徊：两人心里依依不舍，徘徊流连。落日山横翠：青山衔着落日。

(60) 白：白白，不费力气，轻而易举的意思。

(61) 青霄：上青云，比喻科举中第。终须：一定。

(62) 金榜：科举时代称殿试（科举制度中最高一级的考试，在皇宫大殿上举行，由皇帝亲自主持）揭晓的榜为金榜。

(63) 口占一绝：即兴信口吟出一首绝句诗。

(64) 怜：爱。眼前人：新的情人。以上四句诗的大意是：把我抛弃的人儿现在何方？想当初你对我是多么亲爱啊！现在，只怕你又用从前对我的一番情意，去爱怜新的情人。这是莺莺从反面叮咛张生不要忘情负心，流露出莺莺恐怕被遗弃的心理。

(65) 赓（gēng）：续作，和诗。剖：表白。

(66) 长：常。孰与：与谁。知音者：指莺莺。长叹人：张生自指。以上四句诗的大意是：分离远别是人生中常有的事，我还能与谁最关切亲近呢？如果不是遇到你这样的知音，有谁还会同情我这个月下长吁短叹的人呢？这是张生表达自己对爱情的忠贞。

(67) 淋漓：沾湿的样子。红泪：这个典故出自王嘉的《拾遗记》：美女薛灵芸被魏文帝选入宫中。她离别父母时哭得很伤心，用玉壶接她的泪水，玉壶就出现了红色。后来就用红泪指女子非常悲伤时流下的眼泪。这句是说，莺莺因离别之苦而流的眼泪湿透了衣衫。

(68) 司马青衫更湿：这是融化了唐代诗人白居易《琵琶行》诗中的最后两句“坐中泣下谁最多，江州司马青衫湿”而成的。“江州司马”是白居易当时担任的官职名，代指白居易。原诗是说白居易在江边听到歌女诉说自己身世时，感慨万端，哭湿了衣衫。本文化用这句诗是比喻离别时莺莺的凄苦心情，说自己流的泪，比白居易在江州听琵琶时流的泪更多。

⑥ 伯劳：一种小鸟。伯劳东去燕西飞：这是化用乐府诗《东飞伯劳歌》的诗句"东飞伯劳西飞燕"来比喻离别。

⑦ 眼底：眼前。虽然眼底人千里：纵然眼前的人马上就要相别千里。

⑦ 未饮心先醉：这是化用宋代词人柳永《诉衷情》词中的一句"未饮先如醉"而成的。这句是说，心里悲伤的状态，竟然达到了没有喝酒就已像醉酒那样迷离恍惚的地步了。

⑦ 眼中流血：眼泪流尽了，继而又流出了血。心内成灰：这颗心早已被折磨得像死灰一样了。

⑦ 服：适应。趁程途：赶路。节：节制。顺时：顺应时令，适应季节变化。保揣：保重。

⑦ 以上两句是互文见义：是说在荒村野店，雨露风霜，应当早睡晚起。

⑦ 调护：调理，保护。扶持：照顾。这句是说，应当特别留心照料自己。

⑦ 九曲黄河：黄河从麦积山到龙门的一段弯曲很多，所以有九曲黄河之称。这句是说，我的眼泪太多了，落到黄河里使水都漫出来了。

⑦ 三峰华岳：指西岳华山的三峰：莲花峰、毛女峰、松桧峰。这句是说，我的愁恨太重了，压在华山上，能把它的三峰压低。

⑦ 到晚来闷把西楼倚：归家到晚上，只有独自愁闷，倚靠着西楼眺望远去的离人。

⑦ 罗帏（wéi）：一种帐子，这里借指床上。

⑧ 个：助词，无义。衾（qīn）：被子。这句是说，昨夜还用香把绣被熏得暖暖的，一片春情蜜意。

㉛ 有梦知：张生去后，莺莺时刻不忘，将相思成梦。

㉜ 据鞍：扶鞍。

㉝ 文齐福不齐：当时的俗语，文才够格，但福气不够，命运不好，应举不能考中。

㉞ 停妻再娶妻：家里有妻子，又再娶妻。

㉟ 一春：一个春季或一年，这里泛指很长时间。鱼雁：古代有鱼腹藏书，鸿雁传信之说，这里代指书信。一春鱼雁无消息：这个典故出自秦观《鹧鸪天》词，指一去之后长久地没有音信。

㊱ 青鸾(luán)：神话中传递书信的鸟。频：接连不断。

㊲ 异乡花草：其他地方的花草，这里比喻别处的美貌女子。栖迟：留恋、迷恋不走的意思。以上两句是说，到了别的地方，不要像对我那样再去迷恋别的女子。

㊳ 青山隔送行：青山阻隔住送行的人。疏林不做美：层层树林遮住了行人，不给人方便。

㊴ 淡烟暮霭(ǎi)相遮蔽：傍晚的烟雾云气把离人遮挡住。

㊵ 夕阳古道无人语：黄昏落日之中，在寂寞的古道上听不到情人温存的话语。

㊶ 禾黍(shǔ)：泛指庄稼。马嘶：马叫声。禾黍秋风听马嘶：秋风吹指着庄稼，虽然看不到骑马的丈夫了，但却听到了撕裂人心的马嘶声。

㊷ 以上两句是对"我为甚么懒上车儿内"的回答：是因为担心张生在夕阳落日的四周山色之中，一个人骑马独行。

㊸ 遍：所有，整个。胸臆(yì)：心胸，胸怀。这句是说，好像整个人世间所有的烦恼都填在了我的胸中。

㊹ 大小：偏义复词，小的意思。这句是说，自己的愁很大，量

元杂剧

这些小车怎能装得下？车本来不小，但愁很多就嫌车小了。

⑨末：指张生。张生与莺莺分别应在上文"再谁似小姐……小生就此拜辞"后，但张生并未真正下场，莺莺与张生同在台上，却表演出两地相望，两情依依的情状，这正是中国戏剧的特点。

⑨泪随流水急：看到地上的流水，想起莺莺，泪水就滔滔不绝地流出来。

⑨愁逐野云飞：看到天边的秋云，想起莺莺，愁漫漫无边，追逐着野云飞腾。以上两句是下场诗。

《西厢记》是一部优美动人的爱情诗剧，《长亭送别》是该剧的精华部分（第四本第三折）。它描写的是张生在崔母的逼迫下赴京应试，崔莺莺长亭送别的情景。它以抒情诗式的语言，刻画了莺莺与张生离别时情意缠绵和悲惶凄怆的内心感情。

情景交融是本折的一大特点。第一支曲子【端正好】就为人物内心世界的展示，设置了一个悲凉忧伤的客观环境，造成了一种凄苦迷离的气氛，来表现离人的心情意绪。"碧云天，黄花地，西风紧，北雁南飞"。这开头四句把富有特征的暮秋景色和主人公的离愁别恨浑然连成一体：深秋的天空碧云沉沉，如同莺莺那暗淡沉重的心情；广阔的大地上黄花憔悴，使人联想到"人比黄花瘦"的离人愁苦的形象；凛凛秋风透人心扉，更增加了离人的凄清；避寒的北方鸿雁飞向南方，正如情人张生远行一样，又增添了一分悲伤。天上地下幽苦连绵，给人以无限惆怅，无限哀思。接下来是"晓来谁染霜林醉？总是离人泪"。一个"染"字，强化了人的主观色彩，突出了离人跌宕起伏的感情波澜；一个"醉"字，殷红欲滴，凝练地概括了苦闷怨恨的深重；一个"泪"字，藏起了"血"字，把莺莺泪眼欲血的情态呈现在读者面前，使全篇景物闪耀出别离的泪光。秋景的特点是萧瑟悲凉的，这与莺莺凄苦哀婉的心境是相吻合的。秋叶变红，本是大自然的客观现象，然而在离别亲人的莺莺看来，那却是离人痛苦的血泪染成。作者用风如快刀，霜似利剑，花含悲泪，雁哀吞声的秋景渲染出凄凉悲哀的氛围，有力地衬托出莺莺因离愁别绪而烦恼的痛苦压抑的心情，并使大自然的景色带上了浓厚的感情色彩。这种带有强烈感情色彩的客观景物又牵动着人物的主观情绪，使之见景生情，更加深了主人公内心的凄楚。这样，有景有情，景为情设，情因景生，创造了一个情景交融、感人至深的艺术境界，做到了"一切景语，皆情语也"（王国维《人间词语》）。此外，像【滚绣球】【脱布衫】【一煞】【收尾】等曲词也都是情景妙合无痕，难解难分。

有人说王实甫的语言如"花间美人"。他能把日常生活语言点化成为富有诗意的语言，又能融化古黄诗词语言为平易流畅的语言，达到了文学语言和白话口语的完美统一。【叨叨令】是莺莺在张生和红娘面前尽情倾诉离别时怨愤心情的唱词，整段曲子无遮无拦，直抒胸臆。它吸收了大量的民间口语入曲，如：车儿马儿，花儿靥儿，被儿枕儿，衫儿袖儿，书儿信儿等。又选取了一系列双音重叠词：熬熬煎煎，娇娇滴滴，昏昏沉沉，重重叠叠，兢兢惶惶。然后把它们联在一起，经过排比句式的安排，音节声韵的调式，再加上插入的重叠句，形成一种短促紧承的节奏和流转如珠的音乐感，准确而生动地表现了莺莺把积蓄在心中的愁闷,酣畅淋漓地倾泻出来的情态。这段曲词,朴实中含典雅,浅白中见深邃,意境鲜明,形象生动,令人回味无穷。

在短短的一曲【耍孩儿】中,作者用了一个典故"红泪",巧妙地化用三个古典诗句入戏:"比司马青衫更湿","伯劳东去燕西飞","未饮心先醉",来表现莺莺缠绵悱恻,痛不欲生的内心情感,凝练含蓄,典雅华丽。由于这些诗词和典故自身都有故事所言,经作者借用点化后就使表达的内容更为丰富,既节省了文字,又增强了文学色彩,却又不凝重晦涩,生硬牵强,读起来仍然轻松,极为自然。

《长亭送别》中,莺莺的形象有较强的社会意义。她不仅追求自由的爱情,而且鄙弃封建社会的价值观念。作为相国千金小姐,她把功名富贵斥之为"蜗角虚名,蝇头小利",痛恨它"拆鸳鸯在两下里"。所以她直言相告"张生,此一行得官不得官,疾早便回来"。她认为"但得一个并头莲,强似状元及第"。劝张生"你休忧文齐福不齐","你却休金榜无名誓不归"。她以爱情的美满实现,作为最高的价值标准。这种对功名利禄的极大蔑视,就把鸳鸯的思想感情由一般离别之苦,推到一个更高水平,从而升华了莺莺的思想品格,使全文闪耀着反封建的思想光辉。

《长亭送别》是诗与画交融的戏剧乐章,是一支撩拨人心弦的离歌,它给人以深沉的美的享受。

《西厢记》问世以来,七百余年盛传不衰,成为今天许多地方剧种的优秀保留剧目。它还被译成许多国家的文字,在欧洲多次被改编上演。《西厢记》在我国文学史和戏剧史上具有光辉灿烂的地位。

汉 宫 秋

马致远

　　马致远,号东篱,大都(今天的北京市)人。确切的生平事迹不详。他大约生活在 1250~1324 年间,早年曾参加著名的元贞书会,从事杂剧和散曲创作。中年时出任浙江行省务官。晚年则退隐田园。在元代曲坛上,马致远与关汉卿、郑光祖、白朴并称为"元曲四大家"。他一生共写过杂剧十三种,保存下来的有七种,《汉宫秋》是他的代表作。马致远还是一种享有盛名的散曲作家,现存有小令一百零四首,套曲十七篇,都收在《东篱乐府》中,被誉为元代散曲第一大家。

　　《汉宫秋》全名为《破幽梦孤雁汉宫秋》,是写汉元帝的妃子王昭君出塞和番的故事。这个故事最早见于《汉书》,《后汉书》上也有记载。元帝时,汉朝强大,匈奴衰落,匈奴呼韩耶单于来朝请求和亲,宫女王昭君自愿出塞。汉元帝册封她为公主,下嫁匈奴,在那里生下一子二女。昭君出塞和亲,增强了民族团结。后来,这个故事成为不少文学作品的题材。东晋葛洪在《西京杂记》中记述这个故事时,增添了毛延寿受贿的情节。唐代的《王昭君变文》把昭君远嫁的原因,归之于匈奴的强大。魏晋以后,还有许多诗人来歌咏昭君。

马致远写《汉宫秋》时，在前人的基础上又作了较大的艺术加工：将昭君出塞放在匈奴武力胁迫下进行；把普通宫女王昭君改为汉元帝的爱妃；昭君为了汉室江山不得不出塞和番；最后她在匈奴边界投江而死；将毛延寿写成了叛国逆贼。作品热烈地歌颂了王昭君的民族气节和爱国主义精神，批判了汉元帝和臣僚们的庸懦无能，鞭挞了卖国求荣的佞臣，寄托了作者对国家命运的关注，流露出深沉的感伤情绪。

全剧的主要情节是：

楔子：汉朝国势衰微，但耽于享乐的汉元帝却听从奸臣毛延寿的建议，派他去遍行天下，挑选美女充实后宫。

第一折：毛延寿在秭归县选得王昭君，她光彩照人，天下绝色。毛延寿向她索取百两黄金，要选她为第一。王昭君不肯纳贿，毛延寿便怀恨在心，将昭君的画像故意画上破绽，结果昭君被打入冷宫。有一天，汉元帝巡行后宫，听到了昭君的琵琶声，这才发现王昭君是个才貌无双的女子，恩宠备至，封她为明妃。并下令捉拿毛延寿。

第二折：毛延寿畏罪叛逃匈奴，并将王昭君的美人图献给匈奴王。匈奴使臣来到汉廷，以武力相威胁，指名索要明妃和亲。满朝文武吓得"似箭穿着雁口，没个人敢咳嗽！"他们都劝元帝送出昭君。元帝不愿割爱，但又束手无策。这时，王昭君以国家安危为重，毅然挺身而出"情愿和番，以息刀兵"，免得生灵涂炭。

第三折：第二天，汉元帝亲自在灞桥饯行。此时，他的心理十分矛盾复杂，他恨文武百官不与他分忧，舍不得心爱的王昭君；但又怕匈奴势力强大，自己丢了江山，不得不忍痛割爱。王昭君对故国十分依恋，她留下汉家衣服，离开了家乡。行至边君南望举酒浇奠，投江而死。匈奴王为她的这一行动所感动，决定把逆贼毛延寿交给汉朝惩治，并与汉朝维持和好局面。（本文选的就是这一折）

第四折：汉元帝自从离别了王昭君，日思夜想。一个秋夜，元帝在寂寞的宫廷中，听着孤雁的凄楚叫声，望着挂起来的昭君画像，无限伤感地怀念起王昭君。梦中短暂的相会，更增添了他的愁绪。最后，匈奴派遣使者绑送毛延寿来，情愿讲和。元帝将毛延寿斩首祭奠明妃，并隆重接待了匈奴来使。

下面选的是第三折。

第三折

（番使拥旦上①，奏胡乐科②，旦云）妾身王昭君，自从选入宫中，被毛延寿将美人图点破③，送入冷宫④。甫能得蒙恩幸⑤，又被他献与番王形像⑥。今拥兵来索⑦，待不去，又怕江山有失；没奈何将妾身出塞和番⑧。这一去，胡地风霜⑨，怎生消受也！自古道："红颜胜人多薄命，莫怨春风当自嗟⑩。"（驾引文武内宫上⑪，云）今日灞桥饯送明妃⑫，却早来到也。（唱）

【双调新水令】锦貂裘生改尽汉宫妆⑬，我则索看昭君画图模样。旧恩金勒短，新恨玉鞭长⑭。本是对金殿鸳鸯⑮；分飞翼，怎承望⑯！

（云）您文武百官计议，怎生退了番兵，免明妃和番者。（唱）

【驻马听】宰相每商量，大国使还朝多赐赏⑰。早是俺夫妻悒怏，小家儿出外也摇装⑱。尚兀自渭城衰柳助凄凉⑲，共那灞桥流水添惆怅⑳。偏您不断肠，想娘娘那一天愁都撮在琵琶上㉑。

（做下马科）（与旦打悲科㉒）（驾云）左右慢慢唱者，我与明妃饯一杯酒。（唱）

【步步娇】您将那一曲阳关休轻放㉓，俺咫尺如天样㉔，慢慢的捧玉觞㉕。朕本意待尊前捱些时光㉖，且休问劣了宫商㉗，您则与我半句儿俄延着唱㉘。

（番使云）请娘娘早行，天色晚了也。（驾唱）

【落梅风】可怜俺别离重，你好是归去的忙㉙。寡人心先到他李陵台上㉚，回头儿却才魂梦里想，便休题贵人多忘㉛。

（旦云）妾这一去，再何时得见陛下？把我汉家衣服都留下者。（诗云）正是：今日汉宫人，明朝胡地妾㉜；忍着主衣裳，为人作春色㉝！（留衣服科）（驾唱）

【殿前欢】则甚么留下舞衣裳，被西风吹散旧时香㉞。我委实怕宫车再过青苔巷㉟，猛到椒房㊱，那一会想菱花镜里妆㊲，风流相，兜的又横心上㊳。看今日昭君出塞，几时似苏武还乡㊴？

（番使云）请娘娘行罢，臣等来多时了也。

（驾云）罢罢罢！明妃，你这一去，休怨朕躬也㊵。

（做别科，驾云）我那里是大汉皇帝！（唱）

【雁儿落】我做了别虞姬楚霸王㊶，全不见守玉关征西将㊷。那里取保亲的李左车，送女客的萧丞相㊸？

（尚书云㊹）陛下不必挂念。（驾唱）

【得胜令】他去也不沙架海紫金梁㊺？枉养着那边庭上铁衣郎㊻。您也要左右人扶持，俺可甚糟糠妻下堂㊼？您但提起刀枪，却早小鹿儿心头撞㊽。今日央及煞娘娘㊾，怎做的男儿当自强！

（尚书云）陛下，咱回朝去罢，（驾唱）

【川拨棹】怕不待放丝缰，咱可甚鞭敲金镫响㊿？你管燮理阴阳，掌握朝纲，治国安邦，展土开疆(51)；假若俺高皇，差你个梅香(52)，背井离乡，卧雪眠霜，若是他不恋恁春风画堂，我便官封你一字王(53)。

（尚书云）陛下，不必苦死留他，着他去了罢。（驾唱）

【七弟兄】说甚么大王、不当、恋王嫱(54)，兀良！怎禁他临去也回头望(55)。那堪这散风雪旌节影悠扬(56)，动关山鼓角声悲壮(57)。

【梅花酒】呀!俺向着这迥野悲凉⑱。草已添黄,兔早迎霜⑲。犬褪得毛苍,人搠起缨枪⑳,马负着行装,车运着糇粮,打猎起围场㉛。他他他,伤心辞汉主㉜;我我我,携手上河梁㉝。他部从入穷荒㉞,我銮舆返咸阳㉟,返咸阳,过宫墙;过宫墙,绕回廊;绕回廊,近椒房;近椒房,月昏黄;月昏黄,夜生凉;夜生凉,泣寒蜇㊱;泣寒蜇,绿纱窗;绿纱窗,不思量!

【收江南】呀!不思量除是铁心肠!铁心肠也愁泪滴千行。美人图今夜挂昭阳㊲,我那里供养㊳,便是我高烧银烛照红妆㊴。

(尚书云)陛下回銮罢,娘娘去远了也。(驾唱)

【鸳鸯煞】我煞大臣行说一个推辞谎㊵,又则怕笔尖儿那火编修讲㊶。不见他花朵儿精神,怎趁那草地里风光㊷?唱道伫立多时㊸,徘徊半晌㊹,猛听的塞雁南翔㊺,呀呀的声嘹亮,却原来满目牛羊,是兀那载离恨的毡车半坡里响㊻。(下)

(番王引部落拥昭君上㊼,云)今日汉朝不弃旧盟,将王昭君与俺番家和亲。我将昭君封为宁胡阏氏㊽,坐我正宫㊾。两国息兵㊿,多少是好⓿。众将士,传下号令,大众起行,望北而去。(做行科)(旦问云)这里甚地面了?(番使云)这是黑龙江❶,番汉交界处;南边属汉家,北边属我番国。(旦云)大王,借一杯酒,望南浇奠❷,辞了汉家,长行去罢。(做奠酒科,云)汉朝皇帝,妾身今生已矣❸。尚待来生也。(做跳江科)(番王惊救不及,汉科,云)嗨!可惜!可惜!昭君不肯入番,投江而死。罢罢罢!就葬在此江边,号为"青冢者❹"。我想来,人也死了,枉与汉朝结下这般仇隙❺,都是毛延寿那厮搬弄出来的❻。把都儿❼,将毛延寿拿下,解送汉朝处治。我依旧与汉朝结和❽。永为甥舅❾,却不是好?(诗云)则为他丹青画误了昭君⑪，背汉主暗地私奔⑫；将美人图又来哄我，要索取出塞和亲。岂知道投江而死，空落的一见消魂⑬。似这等奸邪逆贼，留着他终是祸根，不如送他去汉朝哈喇⑭，依还的甥舅礼，两国长存。（下）

 讲一讲

① 番：古代称我国北方边境各少数民族为番。这里指匈奴。番使：匈奴使臣。

② 胡乐：是指来自我国北方和西方各少数民族的音乐。

③ 毛延寿：在剧中是汉朝奸臣，任中大夫之职，也是画师。美人图：画师按宫中美女的形象所画出的画像。因选入宫中的美女太多，汉元帝不能一一见面，只能依照画出的美人图来挑选。这里的美人图是指王昭君的画像。点破：点上破绽，指在画像上故意画上毛病。

④ 冷宫：偏僻冷落的宫室，是皇帝安置失宠的后妃的地方。

⑤ 甫能：刚刚，方才。蒙恩幸：受到皇帝的宠爱。

⑥ 番王：中国北方少数民族的君主，这里指匈奴的呼韩耶单于。形像：图像，画像。

⑦ 拥兵来索：指匈奴王带领重兵侵犯边境，向汉元帝威胁索要王昭君。

⑧ 妾身：王昭君自己谦称。塞：边塞。和番：汉族同外族议和盟好。这里是指王昭君出塞与匈奴和亲。

⑨ 胡地：指中国古代北方少数民族居住的地域。

⑩ 以上两句是宋代欧阳修《明妃曲》中的诗句，意思是说，妇

女的容颜超过别人就不得长寿,不要埋怨春风而应嗟叹自己的命运不好。这里借用来表现王昭君哀怨的心情。红颜:指女子美艳的容颜。自嗟:自叹,自怨。

⑪ 驾:古代帝王车乘的总称,常用来作皇帝的代称,这里指汉元帝。汉元帝,名奭(shì),西汉第九代君主。引:带领,导引。文武:文臣武将。内官:侍奉皇帝的宦官、近臣。

⑫ 灞(bà)桥:位于长安东灞水上,是古代送行的地方。饯送:以酒食送行。明妃:指王昭君,她被汉元帝宠幸之后,封为明妃。

⑬ 锦:带花纹的绸缎。貂裘:貂皮袄。生:硬。生改尽:硬是改换净尽。汉宫妆:汉朝宫里的装束、打扮。

⑭ 金勒:金饰的套住马口的笼头。玉鞭:玉饰的马鞭子。以上两句是比喻恩爱短暂,离别长久。

⑮ 金殿鸳鸯:皇宫里的情侣,特指皇帝和后妃恩爱的夫妻。

⑯ 翼:鸟的翅膀。这句是说分别在两地。怎承望:怎么料想到。

⑰ 大国使:指汉朝派出的与匈奴议和以免去昭君出塞的使节。这句是说,谁能作为汉朝代表出使匈奴,以免去昭君和番。他回来以后,一定要多多地奖赏他。

⑱ 早是:已是。悒(yì)怏:心情郁闷不乐。小家儿:小户人家,普通老百姓。摇装:也作"遥装",是古代的一种习俗。远行的人挑选吉日出门,亲友们到江边饯行,上船后,船移动一会儿立即返回。改日,待一切准备停当后,再正式出发,以表示这次远行一定平安。这句是说,一般老百姓出门还有摇装的习惯,可我的爱妃却马上就得远行了。

⑲ 尚兀自：尚且。渭城：《渭城曲》的简称。唐代诗人王维的《渭城曲》是一首著名的送别诗："渭城朝雨浥清尘，客舍青青柳色新。劝君更尽一杯酒，西出阳关无故人。"此处化用王维的诗意，取其临别不胜依依之意。渭城，现在陕西省咸阳县东。

⑳ 共：与……一起。惆怅：因失望和失意而哀伤。

㉑ 撮：聚集。

㉒ 打：此处当"做"解。打悲科：做出悲伤的样子。

㉓ 一曲阳关：王维的《渭城曲》，后人谱成送别之曲，每次唱三遍，称作《阳关三迭》，也称《阳关曲》。休：不要。轻：轻易。

㉔ 咫（zhǐ）：古代长度名，周制八寸，合今天的市尺六寸二分二厘。咫尺：比喻距离非常近。如天样：好像天空一样遥远。这句是用咫尺天涯来暗喻元帝难舍难分的心情，行一步都极其困难。

㉕ 玉觞（shāng）：古代玉制的饮酒器具。

㉖ 朕（zhèn）：从秦始皇起，专用为皇帝的自称。尊前：即"樽"前，指筵席间。捱（ái）：拖延。

㉗ 宫商：是我国古代五声音阶，宫商角徵（zhǐ）羽的简称，这里用作音律腔调的代称。劣了宫商：指唱得不合音律腔调。这句是说，不要管唱腔走板。

㉘ 则：只。俄延：拖延。

㉙ 别离重：即"重别离"，舍不得分手的意思。好是：真是。

㉚ 寡人：古代帝王自称。李陵台：李陵，字少卿，汉武帝时的名将，屡立战功。在一次与匈奴的战斗中，因孤军深入，兵少无援而战败，投降匈奴。后人筑有李陵台，在元代的上京（现在内蒙古自治区波罗城）。

㉛ 题：同"提"。贵人多忘：官位高的人善于忘记事，这是当时的成语，用以讽刺人善忘。

㉜ 今日汉宫人，明朝胡地妾：出自唐代李白的《王昭君》诗。

㉝ 忍着(zhuó)：怎忍心穿上。主：君主。作春色：妆饰娇艳，强颜欢笑。

㉞ 香：衣裳熏染的香气。被西风吹散旧时香：元朝诗人元准《昭君出塞》诗有："西风吹散旧时香，收起宫妆换北妆"的诗句。

㉟ 委实：确实。宫车：宫廷里乘坐的车子。青苔巷：冷僻荒凉的庭巷。在本剧第一折中，王昭君被打入冷宫，退居永巷，汉元帝巡宫时在这里发现了昭君的美貌。

㊱ 椒(jiāo)房：用椒(一种香料)和泥涂抹墙壁的宫室，取其温、香、多子的意思。它是汉代皇后居住的地方。这里指昭君住过的宫室。

㊲ 菱花镜：古代以铜为镜，映日发出的光影如菱花，因而叫做菱花镜。本剧第二折汉元帝初见昭君，【隔尾】曲云："爱他晚妆罢，描不成，画不就，尚对菱花自羞。我来到这妆台背后，原来广寒殿嫦娥，在这月明里有。"这句就是指此景而言。

㊳ 风流相：漂亮的相貌。兜：同"陡"，突然。

㊴ 几时：什么时候。苏武还乡：苏武，字子卿，汉武帝时，他奉命出使匈奴，被扣留在那里十九年。匈奴王曾迫使他投降，但他始终坚贞不屈。后因匈奴与汉朝和好，他终于返回故国。

㊵ 朕躬：皇帝自称。

㊶ 别虞姬楚霸王：虞姬是楚霸王项羽的爱妾。秦朝末年楚汉相争时，项羽被汉军围困在垓下，夜间，四面楚歌，他感到大势已去，在帐中饮酒，与跟随他的美人虞姬作歌："虞兮！虞兮！奈

若何！"（虞姬，对你我该怎么办呢？）这是汉元帝以"霸王别姬"之事，抒发离别之苦，是说自己像遭受"四面楚歌"的楚霸王一样。

㊷ 玉关：玉门关，是通往西域的门户，在今天的甘肃省。征西将：指汉代名将班超，他在东汉明帝时曾奉命出使西域，使西域五十余国归附汉朝，被封为"西域都护"，驻守西域三十一年。

㊸ 那里取：哪里有，哪里能得到。保亲的：媒人。送女客：古代婚礼，女子出嫁时，由亲戚一人陪送到夫家。李左车：汉代著名的谋士，韩信曾用他的计策攻下燕、齐诸诚。萧丞相：萧何，汉代开国的第一功臣，曲章律令多是他制订的。在史书上，没有记载李左车和萧何做媒送亲的事。这里有汉元帝用反语讽刺朝中以贤臣名将自居的文武官员，都是贪生怕死之徒，除了保亲送女客之外，别无用处，全不像李左车、萧何那样为国立功。

㊹ 尚书：汉代中枢机关的重要官员，这里指在第二折出场的尚书令五鹿充宗。

㊺ 不沙：不是。架海紫金梁：横跨海上的金质大桥，犹如国家的栋梁。元杂剧常以"擎天白玉柱，架海紫金梁"连用，比喻国家所倚靠的重臣名将。这句是说，哪里有安邦定国的文臣武将呢？

㊻ 边庭：边境。铁衣郎：身穿铁制盔甲的边防战士。

㊼ 可甚：怎么能够。糟糠妻：这个典故出自《后汉书》。东汉时，光武帝想把他的姐姐湖阳公主嫁给宋弘，让宋弘先休掉妻子，宋弘不答应，说："贫贱之交不可忘，糟糠之妻不下堂。"意思是不愿意离弃自己原来贫贱时结发的妻子。从此，人们用"糟糠妻"比喻与丈夫同甘苦、共患难的妻子。下堂：古代称妻妾被丈夫休退或与丈夫离异叫"下堂"。

㊽ 小鹿儿心头撞：戏曲中的常用语，意思是心惊肉跳，忐忑不安。以上两句是讽刺汉朝武将上战场前胆战心惊的丑态。

㊾ 央及煞：连累，烦劳。

㊿ 怕不待：难道不想。丝缰：牵马的丝制缰绳。鞭敲金镫响：形容凯旋而归时的气概。元杂剧中常和“人唱凯歌还”连用。金镫：铜制的马镫。

(51) 燮(xiè)理：协调治理。燮理阴阳：协调阴阳不畅的事，指朝廷大臣计议治理国家。朝纲：朝廷上的纲纪，朝廷关于统治秩序的规定。展土开疆：扩张领土。

(52) 高皇：指汉祖刘邦，字季，沛县人，是汉朝的建立者。梅香：丫环，使女，是当时宋元戏曲对婢女的通称。

(53) 恁(nín)：同“您”，宋元时方言。一字王：辽、元时代地位最高的王的称谓，如赵王、魏王之类，都是国王。如果是郡王，王称前必冠以二字以上，如兰陵郡王之类，称为“二字王”，比一字王地位稍低。汉代没有这个名称，这里把宋、元时代的制度在剧中借用在汉代使用。

(54) 大王：指汉元帝。王嫱(qiáng)：王昭君的名。

(55) 兀良：发语词，略同于“呀”等，用于句首，有加强语气的作用。禁：禁得起，受得住。

(56) 堪(kān)：经得起，忍受。散风雪：风雪交加。旌节：古代出国的使节所持的符节。用竹子做成，上面缀以羽毛，是国与国联系的信物标志。影悠扬：在风雪中飘荡，时隐时现。

(57) 关山：泛指隘口要塞。鼓角：古代军中用以报时和发号施令的工具，如战鼓、号角等。

(58) 迥(jiǒng)野：辽阔的荒野。

(59) 兔早迎霜：迎霜，指白色。“迎霜兔”是元代人习用的一个词。以上两句是说已经到了深秋季节。

(60) 褪（tuì）：褪色，减色。毛苍：老成黄褐色的毛。搠（shuò）起：提起。

(61) 糇（hóu）粮：干粮。围场：打猎围捕野兽的场地。起：收起，撤掉。这句是说，打猎的撤掉了围场。

(62) 辞：辞别。汉主：指汉元帝。

(63) 河梁：指桥。后来用作送别之词。表示惜别的意思。

(64) 部从：随从。穷荒：指北方荒漠的地方。

(65) 銮舆（luǎn yú）：皇帝乘坐的车子，上有銮铃，故称銮舆。这里当“乘坐銮舆”讲。咸阳：古都名，在今陕西省咸阳市东北二十里，这里用以指代长安。

(66) 寒螀（jiāng）：蝉一类的昆虫，在秋季鸣叫，声调幽抑，又叫寒蝉。

(67) 昭阳：宫殿名。昭阳殿是汉代后妃居住的地方。

(68) 供养：供奉。

(69) 高烧银烛照红妆：宋代苏轼的《海棠》诗有“只恐夜深花睡去，故烧高烛照红妆”。红妆，指的是海棠花。本文化用这句诗说，元帝要燃起高大的蜡烛照耀着昭君的美人图来供奉她。这里的“红妆”是指昭君画像。

(70) 煞：表示极甚之词，这里是很想的意思。行（háng）：表示处所，那里，那边。推辞谎：推辞的谎话。这句是说，我很想在大臣那里说一句推脱的话。

(71) 火：同“伙”。编修：官名，掌管编写国史的官员。这句是说，又怕那伙弄笔头儿的史官啰嗦。古代皇帝的言行都有史官用笔记录下来，所以剧中汉元帝说这样的话。

(72) 趁：追逐，追寻，这里是指用目光追寻。

(73) 唱道：正是，真是。伫(zhù)立：长久地站立。

(74) 徘徊：在一个地方来回地走。半晌(shǎng)：半日，这里指较长一段时间。

(75) 塞雁南翔：塞外的大雁向南飞去。

(76) 毡(zhān)车：古代匈奴贵族妇女乘坐的车，用羊毛毡作车篷，故称毡车。载离恨的毡车：指载着昭君的毡车。

(77) 部落：这里指呼韩耶单于所率领的部族。

(78) 宁胡：使匈奴得以安宁。《汉书·匈奴传》："王昭君号宁胡阏氏。"阏氏(yàn zhī)：匈奴王的正妻，相当于中国的皇后。

(79) 正宫：第一宫，即正配皇后。

(80) 息兵：停止打仗。

(81) 多少是好：何等好啊！

(82) 黑龙江：应指黑江，"龙"字是衍文。衍文是指书籍中由于排版，传抄错误等原因造成多出来的不应有的字句。《汉宫秋》的题目是"沉黑江明妃青冢恨"，可参证。

(83) 浇奠：以酒浇地，表示祭奠之意。

(84) 已矣：完了。

(85) 号为：名字叫。青冢(zhǒng)：据说王昭君的坟墓上多青草，被称为"青冢"，现在内蒙古自治区境内。

(86) 仇隙：仇恨。隙：这里是指感情上的裂痕和隔阂。

(87) 搬弄：挑拨，搬弄是非。

(88) 把都儿：蒙古语，"勇士"的译音。元杂剧中多作武士、兵士和将士解。

⑧⑨ 结和：这里是结盟和好的意思。

⑨⓪ 甥：这里是指女婿。舅：这里是指妻子的父亲。这句意思是说，要永远保持亲戚关系。

⑨① 丹青：丹和青是中国古代绘画中常用的颜色。这里的"丹青画"是指毛延寿点破的那幅昭君画像。

⑨② 私奔：暗地里私自逃跑。

⑨③ 消魂：使人失魂落魄。

⑨④ 哈喇：蒙古语，杀的意思。

 **帮你读**

《汉宫秋》是一曲爱国主义的悲歌，第三折是这曲悲歌的高潮。它塑造了一个宁愿牺牲自己，也要换取国家安全，具有高度的爱国主义精神的坚贞妇女形象——王昭君。

开场是"灞桥饯别"。剧作家是把王昭君的性格放在民族矛盾激烈尖锐的背景下来塑造的。昭君本来是一个农家女子，选入宫后，只因为不愿意贿赂奸臣毛延寿，而被打入冷宫十年，刚刚受到汉元帝的宠爱，却又遇到匈奴呼韩耶单于以武力为后盾强行索取自己的事。在满朝文武不敢抵抗，元帝又束手无策的时候，王昭君抛开了个人的一切，挺身而出，以息刀兵。昭君出塞和番，一不是不得宠时的使气请行；二不是作为礼物被动地送给匈奴，而是保全大汉江山的一种富于政治意义的主动出行。她说："（番王）今拥兵来索，待不去，又怕江山有失，没奈何将妾身出塞和番"。她明知道那塞外"胡地风霜，怎生消受也"，但是，为了汉室江山，这样一个昔日娇弱的美人却情愿远行，这就表明

元
杂
剧

昭君是个有爱国之心的人。在"莫怨春风当自嗟"的话语中,蕴涵着她勇于承担解除国家灾难的刚毅品质,话虽不多,却是昭君内心世界的真实写照。

临出发前,王昭君把"汉家衣服都留下",深情地说:"今日汉宫人,明朝胡地妾。忍着主衣裳,为人作春色!"寥寥数语,表现了昭君的忠贞节操和对祖国、对家乡的依恋。她把生离当作死别,下定不愿以色事故的决心。作者用这样典型化的细节,表现了昭君不屈服异族贵族的武力压迫的刚直性格,也为下文她的不屈而死埋下了伏笔。

第二场,昭君被拥至番汉交界的黑江时,她借酒浇奠,辞了汉家,跳江而死。作者大胆地越出了历史事实的界限,虚构了这一情节,借以表明昭君至死不屈的民族气节,使王昭君这一壮烈的悲剧性格闪出了历史的光辉。昭君慷慨殉难,既保全了民族气节,捍卫了"国格",又不辱"人格",没有背叛自己的爱情;既不辱使命,总算前来"和番",达到了汉朝与匈奴和好的民族团结目的,又因此使毛延寿被遣返回国,朝廷终于铲除了内奸。在民族矛盾的激化中,王昭君毅然割舍了汉元帝的宠爱,自愿走向毁灭之路,这是一个悲壮的举动。她所殉的是保卫国家和民族安定的正义事业,这就使她的精神境界得以升华,闪耀出爱国主义的光辉。这种英勇的献身精神与那种"只凭佳人平定天下"的屈辱求和之举是有天壤之别的。王昭君这一"誓不辱国,誓不辱身"的妇女形象虽然也有忠君守节的封建色彩,但仍不失为一个爱国主义的典型。尤其是她以身殉国的壮烈行动表现了作者强烈的民族感情,也反映了元代广大人民不屈服外族统治的战斗精神和反抗意志。

　　《汉宫秋》在艺术上有较高的成就，清代人梁廷楠评它的曲词是："写景写情，当行出色，元曲中第一义也"。第三折中的【梅花酒】就是这样一段脍炙人口的唱段。它通过深秋的萧瑟和深宫的冷落衬托了汉元帝的离情别绪。这是元帝送走了昭君时，怀着凄楚痛苦的心情唱的：深秋空旷的大地是多么苍凉，枯草遍地的原野一片肃杀景象，这不正是元帝当时形神凄怆的内心情感的写照吗？褪过毛的狗，扛着缨枪的猎户，驮着行装的马，载着干粮的车。一连四个五字句，字字着色，语语生情，一景一物无不染上悲凉的色彩。望着这远去的车队，更增添了元帝内心的无限忧伤。"他他他，伤心辞汉主；我我我，携手上河梁"。三个"他"字和三个"我"字的叠用，把元帝泣不成声的哽咽传神地表现了出来。当昭君终于消失在风雪弥漫的旷野深处的时候，元帝心里感到了从未有过的空虚。他默默地想像着自己回宫后的寂寞和凄凉：那是多么熟悉的宫墙和回廊啊！可是，人去楼空，秋夜的凉风打透了纱窗，惨淡昏黄的月色映照着空房，空荡荡的宫苑里传来了继续哀泣的蝉鸣。真是迷离惝恍，魄动魂摇，剧作家为我们创造出一个秋夜怀人，意味隽永的艺术境界。深宫的冷落衬托出元帝哀痛欲绝，缠绵悱恻的内心世界。

　　在这里，作者巧妙地使用"顶真续麻"式的修辞手法（就是用前句的结尾，做下句的开头，使句子上递下接），并加上三字一顿的短促节奏，形成重叠回环的句式，一句一转，愈转愈深，层层递进。同时整段曲词每句以 ang 韵收，二十七韵连协平韵，一韵到底，与紧促低回的语言节奏配合，构成一种急迫而又低抑的音调，一唱三叹，增强了音乐感，丰富了表现力，表达出元帝那种焦愁郁闷的情怀，收到了回肠荡气、感人肺腑的效果，具有强烈的艺术感染力。这段唱词写得文情并茂,声情并茂,体现了高度的意境美和诗意美,为历来的读者击节赞赏。

《汉宫秋》写的是汉元帝和王昭君的爱情悲剧,但它比一般爱情悲剧含有更深刻的社会意义。昭君是否出塞是关系到国家和民族的兴亡,所以元帝与昭君的个人爱情悲剧已染上了国家民族的历史悲剧色彩。作者描写的这种真挚爱情是因朝廷无力抵御外侮而毁于一旦的,而导致这出爱情悲剧的元凶祸首,却正是元帝这个昏君。他沉湎声色,信用奸臣,怠于政事,以至于手下的文臣武将竟没有一个"做的男儿当自强","全不见守玉关征西将","枉养着那边庭上铁衣郎"。一旦国难当头,只能让后宫娘娘去和番,再也想不出什么好办法来。堂堂天子,大汉皇帝,连自己的爱妃都无力保全,这是多么辛辣的讽刺啊!这怎么还谈得上保国安民,争取民族独立和富强呢?皇帝的昏庸,朝政的腐败,文武百官的无能,正是造成这场爱情悲剧的根源。这出戏是对以汉元帝为首的封建王朝的深刻揭露和嘲讽,今天对于我们仍有一定的认识价值。由于历史和阶级的局限,作者对汉元帝也有同情和美化,作品的感伤情调整也比较浓,这是我们在阅读中应注意的。

赵氏孤儿

纪君祥

纪君祥，大都（今天的北京市）人，生平事迹不详。他是元代著名的杂剧作家，所作杂剧有六种：《赵氏孤儿》、《松阴梦》、《韩退之》、《错勘赃》、《驴皮记》、《贩茶船》，其中只有《赵氏孤儿》现存传本，《松阴梦》现存残曲。

《赵氏孤儿》全名《冤报冤赵氏孤儿》，是纪君祥的代表作。这个历史故事最早见于《左传》，但比较简略，到《史记·赵世家》里才有较详细的记载。杂剧基本上依据史实，但情节上有改动。如把故事发生的背景，由晋景公改为晋灵公；把孤儿在宫中藏过，改为由草泽医生程婴藏在药箱中带出；把隐居山中的孤儿，改为被屠岸贾收为义子等。经过这些改动，剧作家把这场触目惊心的斗争，写得更加集中，更加尖锐。

全剧通过以程婴等为代表的正义力量同以屠岸贾为代表的邪恶势力的斗争，歌颂了英雄人物的自我牺牲精神，揭露了封建统治者的凶残。全剧自始至终回荡着一种磅礴高昂的正义精神，形成悲愤而昂扬、惨烈而豪壮的基调，激励人们树立正义必然战胜邪恶的坚强信念。这对于生活在元代黑暗统治下的人民，有很大的鼓舞作用。《赵氏孤儿》是最早传到欧洲的中国剧本之一,在那里产生过相当强烈的影响。法国的大作家伏尔泰,还把它改编为《中国孤儿》,受到公众的重视。

全剧的主要情节是:

楔子:春秋时期,宰相赵盾是晋国的忠臣,为官清正耿直。武将屠岸贾险恶奸诈,常想除掉赵盾。一次,他派了个勇士去暗杀赵盾,不料,那个勇士不忍杀害赵盾而触树自杀了。他又训练了一只神獒(巨大的犬),险些咬死赵盾。他还在晋灵公面前诬告赵盾不忠不孝,致使灵公十分恼怒,命令屠岸贾诛杀了赵盾一家三百余口。屠岸贾还诈传晋灵公之命,赐死驸马——赵盾的儿子赵朔。临死前,赵朔叮嘱怀孕的妻子,若生下儿子就取名赵氏孤儿,长大后报仇雪恨。

第一折:公主生了赵氏孤儿,屠岸贾为斩草除根,千方百计要杀死婴儿。他派将军韩厥守住驸马府门。民间医生程婴十分同情赵盾一家的遭遇,利用给公主看病的机会,把赵氏孤儿藏在药箱里,打算闯出府门。韩厥对屠岸贾陷害忠良的行径很不满,虽然从药箱里搜出了赵氏孤儿,但又为程婴冒死救孤的正义行动所感到,毅然放走了他,自己拔剑自刎。公主为了使程婴免去泄密之忧,也自缢而死了。

第二折:屠岸贾知道有人带走了赵氏孤儿,就诈传晋灵公的命令,限三日之内,如不将盗出的赵氏孤儿献出,便把晋国半岁以下,一月以上的婴儿一律抓来杀掉,违者全家处斩,九族不留。为救赵氏孤儿和全国的婴儿,程婴到因不满朝政而退居在吕太平庄的公孙杵臼那里商量办法。公孙杵臼因为年已七十,难以将孤儿抚养成人,愿意舍弃自己的生命。程婴则愿意献出自己的亲生儿子,冒充赵氏孤儿,并把他抱到公孙杵臼家中,然后由程婴向屠岸贾告发公孙杵臼藏着赵氏孤儿。赵氏孤儿由程婴负责养大。

第三折：屠岸贾得到程婴的告发，立即去抓公孙杵臼，亲自进行拷问。狡猾的屠岸贾怀疑程婴的告发，就让他亲自拷打公孙杵臼。程婴怕露出破绽，只好忍痛行杖。不久，假赵氏孤儿被搜出来了，凶残的屠岸贾在程婴面前，把程婴的亲生儿子一连砍了三剑。程婴心疼难忍，只好背后流泪。公孙杵臼承认是他隐藏了赵氏孤儿，最后撞阶而死。屠岸贾如愿以偿，把程婴看做心腹之人，留在元帅府里做了他家的门客，并把程婴的假儿子——赵氏孤儿收为义子。（本文选的就是这一折）

第四折：二十年后，赵氏孤儿成为一个能文善武的青年，但不知道自己是赵氏孤儿。程婴把屠岸贾陷害赵盾一家的经过，画出一卷图画让他看。在激发他的正义感的同时，宛转地诉说他家悲惨的故事，最后点破了他的身份。赵氏孤儿万分悲愤，发誓报仇。

第五折：这时晋灵公已经去世，晋悼公即位。赵氏孤儿把他一家的遭遇奏明晋悼公，晋悼公命赵氏孤儿去捉拿屠岸贾。在屠岸贾回私宅的路上，赵氏孤儿突然袭击，捉住了屠岸贾。晋国上卿魏绛宣布了判词，将屠岸贾钉上木驴千刀万剐。赵氏孤儿终于为全家报了冤仇。最后，赵氏孤儿被赐名赵武，袭父祖官爵，韩厥的后代仍为上将，赏赐程婴一顷田庄，给公孙杵臼立碑造墓，加以表扬。

下面选的是第三折。

第 三 折

（屠岸贾领卒子上①，云）兀的不走了赵氏孤儿也②！某已曾张挂榜文③，限三日之内，不将孤儿出首④，即将普国内小儿但是半岁以下⑤，一月以上，都拘刷到我帅府中⑥，尽行诛戮⑦，令人⑧，门首觑着者⑨，若有首告之人⑩，报复某家知道⑪。（程婴上，云）自家程婴是也⑫，昨日将我的孩儿送与公孙杵臼去了⑬；我今日到屠岸贾跟前首告去来⑭。令人，报复去，道有了赵氏孤儿也。（卒子云）你则在这里，等我报复去。（报科，云）报的元帅得知，有人来报赵氏孤儿有了也。（屠岸贾云）在那里？（卒子云）现在门首哩。（屠岸贾云）着他过来。（卒子云）着过来。（做见科，屠岸贾云）兀那厮，你是何人？（程婴云）小人是个草泽医士程婴⑮。（屠岸贾云）赵氏孤儿今在何处？（程婴云）在吕太平庄上，公孙杵臼家藏着哩。（屠岸贾云）你怎生知道来⑯？（程婴云）小人与公孙杵臼曾有一面之交，我去探望他，谁想卧房中锦绷绣褥上⑰，躺着一小孩儿。我想公孙杵臼年纪七十，从来没儿没女，这个是那里来的？我说道：这小的莫非是赵氏孤儿么？只见他登时变色，不能答应。以此知孤儿在公孙杵臼家里。（屠岸贾云）咄⑱！你这匹夫⑲，你怎瞒的过我。你和公孙杵臼往日无仇，近日无冤，你因何告他藏着赵氏孤儿？你敢是知情么⑳！说的是万事全休㉑；说的不是，令人，磨的剑快，先杀了这个匹夫者。（程婴云）告元帅暂息雷霆之怒，略罢虎狼之威㉒，听小人诉说一遍咱㉓。我小人与公孙杵臼原无仇隙㉔，只因元帅传下榜文，要将普国内小儿拘刷到帅府，尽行杀坏。我一来为救普国内小儿之命；二来小人四旬有五㉕，近生一子，尚未满月。元帅军令，不敢献出来，可不小人也绝后了㉖？我想有了赵氏孤儿，便不损坏一国生灵㉗，连小人的孩儿也得无事，所以出首。（诗云）告大人暂停止嗔怒㉘，这便是首告缘故；虽然救普国生灵，其实怕程家绝户。（屠岸贾笑科，云）哦！是了。公孙杵臼原与赵盾一殿之臣，可知有这事来。令人，则今日点就本部下人马㉙，同程婴到太平庄上，拿公孙杵臼走一遭去㉚。（同下）（正末公孙杵臼上，云）老夫公孙杵臼是也。想昨日与程婴商义救赵氏孤儿一事，今日他到屠岸贾府中首告去了。这早晚屠岸贾这厮必然来也呵㉛！（唱）

【双调新水令】我则见荡征尘飞过小溪桥，多管是损忠良贼徒来到㉜。齐臻臻摆着士卒㉝，明晃晃列着枪刀。眼见的我死在今朝，更避甚痛笞掠㉞。

（屠岸贾同程婴领卒子上，云）来到这吕太平庄上也。令人，与我围了太平庄者，程婴，那里是公孙杵臼宅院？（程婴云）则这个便是。（屠岸贾云）使过那老匹夫来。公孙杵臼，你知罪么？（正末云）我不知罪。（屠岸贾云）我知你个老匹夫和赵盾是一殿之臣㉟。你怎敢掩藏着赵氏孤儿！（正末云）老元帅，我有熊心豹胆？怎敢掩藏着赵氏孤儿！（屠岸贾云）不打不招。令人，与我拣大棒子着实打者。（卒子做打科）（正末唱）

【驻马听】想着我罢职辞朝，曾与赵盾名为刎颈交㊱。（云）这事是谁见来（屠岸贾云）现有程婴首告着你哩。（正末唱）是那个埋情出告㊲,原来这程婴舌是斩身刀。(云)你杀了赵家满门良贱三百余口,则剩下这孩儿,你又要伤他性命。(唱)你正是狂风偏纵扑天雕㊳,严霜故打枯根草。不争把孤儿又杀坏了㊴,可着他三百口冤仇甚人来报㊵。

(屠岸贾云)老匹夫,你把孤儿藏在那里?快招出来,免受刑法。(正末云)我有甚么孤儿藏在那里,谁见来?(屠岸贾云)你不招?令人,与我采下去㊶,着实打者。(做打科)(屠岸贾云)这老匹夫赖肉顽皮不敢招承㊷,可恼,可恼。程婴,这原是你出首的,就着你替我行杖者。(程婴云)元帅,小人是个草泽医士,撮药尚然腕弱㊸,怎生行的杖?(屠岸贾云)程婴,你不行杖,敢怕指攀出你么㊹?(程婴云)元帅,小人行仗便了。(做拿杖子科)(屠岸贾云)程婴,我见你把棍子拣了又拣,只拣着那细棍子,敢怕打的他疼了,要指攀下你来。(程婴云)我就拿大棍子打者。(屠岸贾云)住者。你头里只拣着那细棍子打,如今你却拿起大棍子来,三两下打死了呵,你就做个死无招对㊺。(程婴云)着我拿细棍子又不是,拿大棍子又不是,好着我两下做人难也。(屠岸贾云)程婴,你只拿着那中等棍子打。公孙杵臼老匹夫,你可知道行杖的就是程婴么?(程婴行杖科,云)快招了者!(三科了㊻)(正末云)哎哟!打了这一日,不似这几棍子打的我疼,是谁打我来?(屠岸贾云)是程婴打你来。(正末云)程婴,你划的打我那㊼?(程婴云)元帅,打的这老儿兀的不胡说哩。(正末唱)

【雁儿落】是那一个实丕丕将着粗棍敲㊽?打的来痛杀杀精皮掉㊾。我和你狠程婴甚的仇?却教我老公孙受这般虐㊿。

(程婴云)快招了者。(正末云)我招,我招。

(唱)

【得胜令】打的我无缝可能逃,有口屈成招。莫不是那孤儿他知道,故意的把咱家指定了。(程婴做慌科)(正末唱)我委实的难熬,尚兀自强着牙根儿闹[51];暗地里偷瞧,只见他早唬的腿脡儿摇[52]。

(程婴云)你快招吧,省得打杀你[53](正末云)有,有,有。(唱)

【水仙子】俺二人商议要救这小儿曹[54],(屠岸贾云)可知道指攀下

来也。你说二人，一个是你了，那一个是谁？你实说将出来⑤，我
饶你的性命。（正末云）你要我说那一个，我说，我说。（唱）哎！
一句话来到舌尖上却咽了。（屠岸贾云）程婴，这桩事敢有你么？
（程婴云）兀那老头儿，你休妄指平人⑥。（正末云）程婴，你慌怎
么？（唱）我怎生把你程婴道，似这般有上梢无下梢⑤（屠岸贾云）
你头里说两个，你怎生这一会儿可说无了？（正末唱）只被你打
的来不知一个颠倒⑧。（屠岸贾云）你还不说，我就打死你个老匹
夫。（正末唱）遮莫便打的我皮都绽⑨，肉尽销⑩，休想我有半个字
儿攀着⑪。

　　（卒子抱俫儿上科⑫，云）元帅爷贺喜，土洞中搜出个赵氏
　　孤儿来也。（屠岸贾笑科，云）将那小的拿近前来，我亲自下
　　手，剁做三段。兀那老匹夫，你道无赵氏孤儿，这个是谁？
　　（正末唱）

【川拨棹】你当是演神獒㉒，把忠臣来扑咬。逼的他走死荒郊㉓，刎死钢刀㉔，缢死裙腰㉕，将三百口全家老小尽行诛剿。并没那半个儿剩落㉖，还不厌你心苗㉗。

（屠岸贾云）我见了这孤儿，就不由我不恼也。（正末唱）

【七弟兄】我只见他左瞧、右瞧、怒咆哮，火不腾改变了狰狞貌㉘，按狮蛮拽札起锦征袍㉙，把龙泉扯离出沙鱼鞘㉚。

（屠岸贾怒云）我拔出这剑来。一剑，两剑，三剑。

（程婴做惊疼科，屠岸贾云）把这一个小业种剁了三剑㉛，兀的不称了我平生所愿也㉜。（正末唱）

【梅花酒】呀！见孩儿卧血泊。那一个哭哭号号，这一个怨怨焦焦，连我也战战摇摇。直恁般歹做作㉝，只除是没天道㉞。呀！想孩儿离褥草㉟，到今日恰十朝，刀下处怎耽饶㊱，空生长枉劬劳㊲，还说甚要防老㊳。

【收江南】呀！兀的不是家富小儿骄㊴。（程婴掩泪科）（正末唱）见程婴心似热油浇，泪珠儿不敢对人抛，背地里揾了㊵。没来由割舍的亲生骨肉吃三刀。

（云）屠岸贾那贼，你试觑者㊶，上有天哩，怎肯饶过的你，我死打甚么不紧㊷！（唱）

【鸳鸯煞】我七旬死后偏何老㊸，这孩儿一岁死后偏何小。俺两个一身身亡，落的个万代名标㊹。我嘱咐你个后死的程婴，休别了横亡的赵朔㊺。畅道是光阴过去的疾㊻，冤仇报复的早。将那厮万剐千刀，切莫要轻轻的素放了㊼。

（正末撞科，云）我撞阶基㊽，觅个死处。（下）（卒子报科，云）公孙杵臼撞阶基身死了也。（屠岸贾科笑，云）那老匹夫既然撞死，可也罢了。（做笑科，云）程婴，这一桩里多亏了你；

若不是你呵,如何杀的赵氏孤儿?(程婴云)元帅,小人原与赵氏无仇,一来救普国内众生;二来小人跟前也有个孩儿,未曾满月。若不搜的那赵氏孤儿出来,我这孩儿也无活的人也。(屠岸贾云)程婴,你是我心腹之人。不如只在我家中做个门客㊳,抬举你那孩儿成人长大。在你跟前习文,送在我跟前演武㊴。我也年近五旬,尚无子嗣㊵,就将你的孩儿与我做个义儿㊶。我偌大年纪了㊷,后来我的官位,也等你的孩儿讨个应袭㊸,你意下如何?(程婴云)多谢元帅抬举。(屠岸贾诗云)则为朝纲中独显赵盾㊹,不由我主中生忿;如今削除了这点萌芽,方才是永无后衅㊺。(同下)

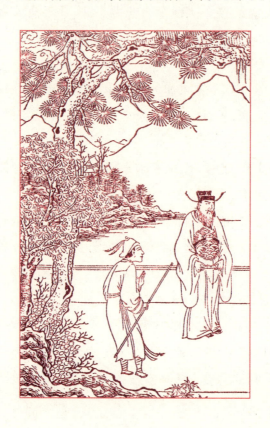

讲一讲

① 屠岸贾：春秋时晋国的大将，为人阴险毒辣。

② 走：跑，逃跑。这里指赵氏孤儿逃出了屠岸贾的掌心，被程婴救出。

③ 某：自指之词，相当于"我"。

④ 孤儿：指赵氏孤儿。出首：告发，揭发。

⑤ 普：全。但：凡，所有。

⑥ 拘刷：拘查，拘捕。

⑦ 诛戮（zhū lù）：杀死。

⑧ 令人：差役。

⑨ 门首：门口。觑（qù）：细看。

⑩ 首告：出首告发。

⑪ 报：禀报，通报。复：回复。

⑫ 自家：自己。

⑬ 公孙杵（chǔ）臼（jiù）：人名。公孙是姓，杵臼是名。第二折中说他曾任中大夫之职，因愤恨昏君奸臣当道而罢职归农。这句说的是第二折中的事；程婴从宫中救出赵氏孤儿抱回家里抚养，而把自己的亲生儿子送到公孙杵臼那里充当赵氏孤儿。

⑭ 来：是语尾助词，起配合音节作用，无义。去来：去。这句是说程婴去告发公孙杵臼藏着赵氏孤儿。

⑮ 草泽医士：民间的江湖医生。"草泽"即乡下的意思。

⑯ 怎生：如何，怎样。

⑰ 锦绷：用锦缎做的婴儿的包被。绣褓：绣花的褓子。

元杂剧

⑱ 咄（duō）：呵斥的声音。

⑲ 匹夫：古代指平民中的男子，这里是骂人话，你这匹夫即你这家伙的意思。

⑳ 敢是：是不是，会不会是。

㉑ 休：罢了，算了。万事全休：以前的一切事都算过去了，不再追究了。

㉒ 暂息雷霆之怒，略罢虎狼之威：这是当时的俗语，不要发火的意思。

㉓ 小人：平民对官员的自称。

㉔ 隙：感情的裂痕。

㉕ 四旬有五：四十五岁。人寿十年为"旬"。"有"含"又"的意思，用在整数与零数之间，是古汉语的一种习惯用法。

㉖ 绝后：断绝了后代。

㉗ 生灵：生民，百姓。这里指婴儿。

㉘ 嗔（chēn）怒：愤怒。

㉙ 点就：召集起。

㉚ 拿：捉拿。一遭：一趟，一回。

㉛ 早晚：估量时间的词。"这早晚"犹如说这个时候。

㉜ 多管是：大概是，可能是。

㉝ 齐臻臻（zhēn）：整整齐齐。

㉞ 笞（chī）：笞刑，用竹板、荆条打人脊背或臀部、腿部。掠：拷打。

㉟ 一殿之臣：在同一个朝廷里做官。

㊱ 刎颈交：誓同生死，共患难的知心朋友。这个典故出自《史记·廉颇蔺相如列传》："卒相与欢，为刎颈交。"后人以此比

喻友情深厚，至死不变。

㊲ 埋情：昧情，昧着良主。埋情出告：背弃了友情去告发朋友。

㊳ 纵：放纵。扑天雕：扑向天空的大雕。雕是猛禽，如果乘狂风扑来就更加厉害。这句是说公孙杵臼故意骂程婴助纣为虐，像狂风一样帮助屠岸贾这个向天上猛扑的凶雕。

㊴ 不争：如果，若是。

㊵ 可着他：可叫他。

㊶ 采下去：抓下去，拉下去。

㊷ 赖肉顽皮：形容顽劣不逊。招承：认罪。

㊸ 撮(cuō)药：用手抓药。

㊹ 敢：估量之词，莫非，大概的意思。指攀：牵连，指证举发对某事的参与者，供出同案人。

㊺ 招对：对质。死无招对：死无对证。

㊻ 了：完毕。三科了：演员在舞台上重复做拷打动作三次。

㊼ 刬(chǎn)的：当时口语，“反而”，“倒”的意思。

㊽ 实丕丕(pī)：结结实实地。将着：拿着。

㊾ 痛杀杀：形容被打得十分痛苦。精皮：瘦皮。

㊿ 虐：虐待，残害。

(51) 尚兀自：尚自，仍然。强着牙根儿：硬咬着牙根儿。

(52) 唬(xià)：同“吓”。腿挺(tǐng)儿：腿肚子，指小腿。摇：打颤。

(53) 打杀：打死。

(54) 曹：辈。小儿曹：小儿辈。

(55) 将：语助词。

㊏ 妄:胡乱。平人:无罪的人。

㊐ 有上梢无下梢:有头无尾,有前无后的意思。

㊑ 不知一个颠倒:手足无措的意思。

㊒ 遮莫:纵然,即使。绽(zhàn):开裂。

㊓ 销:同"消"。

㊔ 攀着:攀连,牵连。

㊕ 倈 lái 儿:小孩儿。

㊖ 神獒(áo):通灵性的巨大的猛犬。演神獒:在本剧楔子中,屠岸贾想谋害赵盾,训练了一只从西戎国进贡来的神獒。他扎了个草人,给它穿上赵盾的朝服,并在草人肚里挂一副羊心肺,让饿了三、五天的神獒来扑咬。然后,他在晋灵面前说神獒能识别不忠不孝的人,并诬陷赵盾,晋灵公让他牵来神獒。在殿上,神獒一见赵盾就去扑咬,赵盾绕柱而走躲避。最后,殿前太尉提弥明,用瓜槌打死了神獒。

㊗ 走死荒郊:赵盾逃拿后,死于荒郊。

㊘ 刎(wěn)死钢刀:在本剧楔子中,屠岸贾诈传晋灵公的命令,派人给赵盾之子赵朔送去了弓弦、药酒和短刀,让他选用其中一件自尽。这里指赵朔用短刀自刎而死。

㊙ 缢(yì):吊死。在本剧第一折,赵朔妻子晋国公主托程婴把赵氏孤儿偷带出宫后,用裙带自缢身亡。所以说:"缢死裙腰"。

㊚ 落(là):遗漏。

㊛ 厌:满足。心苗:心意,欲望。

㊜ 火不腾:立刻,马上。狰狞貌:凶恶的样子。

㊝ 狮蛮(mán):指带子。古代武将的带子用狮子蛮王作图

案,称做狮蛮带。按狮蛮:按住狮蛮带。拽札(yè zhá):撩起。

⑦ 龙泉:古剑名。相传晋代张华见斗、牛二星之间有紫气,让人在丰城狱中挖出两把宝剑,一把叫龙泉,一把叫太阿。后代就以龙泉、太阿泛指宝剑。沙鱼鞘:剑鞘。因古代常用鲨鱼皮做剑鞘,所以叫"沙鱼鞘"。

⑦ 小业种:斥骂小孩儿的话,是说前世有罪孽的小冤家。

⑦ 称(chèn):适合,相符。

⑦ 做作:坏行为,做坏事。

⑦ 天道:这里指主持公道,奖善惩恶的天帝。

⑦ 褥草:这里指婴儿降生时,用的铺有草垫的褥衬等。

⑦ 耽(dān)饶:饶恕,宽容。

⑦ 劬(qú)劳:劳苦、劳累。这里专指父母抚养子女的穷苦。

⑦ 防老:防备年老无人照顾,所以生儿育女。这句是说,"生儿防老"的俗语说不得了。

⑧ 揾(wèn):揩拭,擦。

⑧ 试:助词。

⑧ 打甚么不紧:有什么要紧,即不要紧的意思。

⑧ 这句中的"后"字是语气词,与"啊"字相近。偏:特别,最。

⑧ 名标:很有名声的榜样。

⑧ 别:应作"背"字。休别了:不要背离了。横(hèng)亡:遭到横祸致死。

⑧ 畅道是:正是,真是。疾:快。

⑧ 素放:白白放走,轻易释放。

⑧ 阶基:台阶。

⑧ 门客:古代官僚贵族,常在自己门下养着一些有一定专

长,可以出谋献策的客人,称为门客或食客。

⑩ 演:依照一定程式练习。

⑪ 尚:还。子嗣(sì):亲生儿子作继承人。

⑫ 义儿:义子,干儿子。

⑬ 偌(ruò)大:这样大。

⑭ 应袭:继承。封建时代,子孙随先代官爵和职位而受封,也叫荫袭。一般是继承父母的爵位。

⑮ 朝纲:原指朝廷的纲纪法度,这里作朝廷讲。

⑯ 后衅(xìn):后患。

帮你读

《赵氏孤儿》第三折的主要特点是戏剧冲突尖锐、激烈。本剧一开始就被一片恐怖气氛所笼罩:屠岸贾下令"搜孤",要把全国半岁以下、一月以上的婴儿斩尽杀绝。这时,制定好"救孤"计划的程婴来到元帅府出首。本该大喜过望的屠岸贾,却对他进行了严厉的盘问和威胁:"你和公孙杵臼往日无仇,近日无冤,你因何告他?""你敢是知情么!""说的不是,令人,磨的剑快,先杀了这个匹夫者。"顿时,奇峰突起,如果程婴此时胆怯或稍有闪失,不仅自己性命难保,而且"救孤"计划也会暴露。这是本折第一冲突。这个冲突的解决靠的是程婴的智慧:一来要救一国生灵;二来保全自己的孩儿。这个回答入情入理,滴水不漏,在这一场智斗中,程婴战胜了对手。

屠岸贾抓到公孙杵臼,逼他交出赵氏孤儿。公孙杵臼早把生死置之度外,面对棍棒交加毫不屈服,气得屠岸贾连呼"可

"恼"。然而，屠岸贾毕竟是老奸巨猾，他对程婴的告发本来就很怀疑，为了试探他们是否同谋，竟命程婴行杖拷打公孙杵臼。这一着，程婴完全没有料到，开始他推搪："撮药尚然腕弱，怎生行的杖?"屠岸贾逼一步说："你不行杖，敢怕指攀出你么?"这时，程婴如果不打，容易露出"告假状"的痕迹，可是程婴怎能毒打自己人呢? 这是本折的第二个冲突。此时的程婴虽然在感情上不忍下手，但行动上又非得下手不可，否则就要露出破绽。这个冲突比第二个冲突更尖锐复杂。程婴行动迟缓，拿棍时挑了又挑，选了又选，"只拣那细棍子"。这说明他内心正发生着激烈的矛盾冲突。这个冲突是靠程婴忍痛行杖解决的。作者让观众看到，程婴不得不违心地做着他最不愿意做的事，棍子下得不毒，便不能取得屠岸贾的信任，这比他自己挨打更难忍受，那棒喝声像尖刀一样刺痛着他的心，他经受着撕心裂肺样的痛苦，而这痛苦又不能让屠岸贾有丝毫觉察，他把痛苦深深地埋在心底。

公孙杵臼毕竟是七十多岁的老人，在酷刑面前，他失声，他喊疼，他的精神和肉体受到了极其残酷的折磨。奸诈的屠岸贾抓住这个时机，故意告诉公孙杵臼："是程婴打你来"。这突如其来的一手，公孙杵臼未曾料到，他没想到打他的竟是程婴，而且打得是那样凶、那样狠，使得他"痛杀杀精皮掉"。他又恨又恼，险些吐出真情，露出一句"俺二人商议要救小儿曹"。眼看"救孤"就要成为泡影，这是第三个冲突。这个冲突激烈到极点，如奔马就要掉下悬崖，真是千钧一发。这不仅程婴"早唬得腿胫儿摇"，就连观众也会紧张地喘不过气来，这个冲突是靠公孙杵臼宁死不招供而解决的。他终于清醒过来了，识破了屠岸贾的阴谋。毒刑虽然"委实的难熬"，但他咬着牙挺住了，并斩钉截铁地宣告："遮莫便打的我皮都绽，肉尽销，休想我有半字儿攀着，"最后撞阶而死。

如果说公孙杵臼经受住了肉体折磨的考验，那么，在第四个冲突中，程婴要冲破精神上的折磨则更是困难。假赵氏孤儿被搜出来了，屠岸贾由喜到笑，觉得战胜了对手，又由恨到怒，"火不腾改变了狰狞貌"，由怒到挥剑如狂，将婴儿剁成三截。程婴眼看自己的孩子活活地被斩杀，自己却又救不得，内心像刀割一样剧痛难忍，这个冲突，使程婴的父子骨肉之情受到了严峻的考验，程婴用"背地蹅泪"解决了这个冲突。

赵氏孤儿保住了，全国的婴儿得救了，"搜孤救孤"的戏剧冲突到这儿似乎也该结束了，然而，戏剧家笔锋一转，又把戏剧冲突推向高潮。经过试探，屠岸贾不再怀疑程婴了，而是把他看做心腹留在自己家里，并把他的儿子——真赵氏孤儿认做义子。这样一来，赵氏孤儿刚被程婴救出虎口，又被屠岸贾拉回狼窝，随时都有暴露被杀的危险。这第五个冲突的构成确是妙笔生花，横生波澜。赵氏孤儿能不能得救？事情将会怎样发展？结局将是如何？由于作者设置了强烈的悬念，使观众急于知道这一冲突的解决，迫使他们去看下一折。

在这一折里，五个主要冲突随着剧情逐步展开，震撼人心的危机一个接一个扑面而来，其间容不得半点穿插打岔。这场冲突的实质，是以程婴、公孙杵臼为代表的正义力量，同以屠岸贾为代表的邪恶势力的冲突。作者将两种势力的冲突置于白热化的境地，让他们在智慧和意志上作一次高难度的较量，像这样一场惊心动魄的戏，在我国戏曲史上是不多见的。

这场戏剧冲突的产生是以人物为依据的，是性格矛盾所激起的浪花，作者在这一折里塑造了三个个性鲜明的人物形象。

屠岸贾是一个塑造得十分成功的角色，作者没有把这个反面人物简单化，脸谱化，写成不堪一击的大草包。在剧中，他十分精明，不轻信程婴的首告，还让他行杖，企图从中看出破绽。他一次又一次盘问程婴，拷问公孙杵臼，实在奸诈狡猾，很难对付。为了搜出赵氏孤儿，他竟想屠杀一国的幼小生灵，还把找到的"假孤儿"斩为三截。屠岸贾的凶狠残暴真是无以复加，他是一个杀人不眨眼的魔王。

程婴坚毅的性格在这些冲突中得到了充分的展现。为救赵氏孤儿，他先担下告密卖友的恶名，又被迫亲手拷打共谋者，还要亲眼目睹亲生儿子被残杀。然而，这一次又一次的巨大痛楚，他都挺住了，显示出百折不挠的坚强信念。

公孙杵臼疾恶如仇，宁死不屈，为救赵氏孤儿，慷慨赴义，表现了一种凛然正气。作者在刻画他的性格时，不回避他遭毒刑拷打时，差一点泄露了机密。同时，还揭示了他的内心活动。这绝不是说明他软弱动摇，而是说明斗争的残酷，说明他意志的坚韧。剧作家的高明之处正是在于写出了人物在遭受极大困难时的复杂思想感情，这使公孙杵臼的英雄形象真实感人，栩栩如生。

正是屠岸贾的奸诈残暴的性格同程婴、公孙杵臼坚韧不拔、舍己救人的正直性格的矛盾，才构成了极为尖锐的戏剧冲突，推动着剧情的发展。这出戏跳出一般忠奸斗争恩恩怨怨的套子，程婴等所保护的，不仅仅是赵氏孤儿，而是全国无数无辜的婴儿，因此，它具有反抗黑暗统治、战胜邪恶力量的内容，思想意义是十分深刻的。

梧 桐 雨

白 朴

　　白朴，字仁甫，一字太素，号兰谷，生于金哀宗正大三年（1226年），卒年不详，炤州（今天的山西省河曲县）人，后来移居真定（今天的河北省正定县）。他早年饱经兵乱，曾受到元代著名文学家元好问的保护和扶持，学问日进，声誉渐高。金灭亡后，白朴放浪形骸，蔑视功名，积极从事文学创作活动。在大都（今天的北京市）时曾和关汉卿共同参加过玉京书会，晚年寄居南京。白朴的剧作颇享盛名，他的剧作共有十五种，现存三种《梧桐雨》、《墙头马上》、《东墙记》，都是很出色的作品。他的散曲也很有名。白朴被誉为元曲四大家之一。

　　《梧桐雨》全名《唐明皇秋夜梧桐雨》，是白朴的代表作。他是根据白居易《长恨歌》，陈鸿《长恨歌传》以及有关唐玄宗、杨玉环的故事写成的。全剧以唐明皇、杨贵妃的爱情为主线，反映了安史之乱这一重大历史事件及唐王朝由盛至衰的过程。作品一方面批判唐明皇荒淫误国，似乎在总结历史教训；另一方面，又同情他在爱情上的不幸，像是歌颂一种真挚的爱情。这种矛盾，不能不削弱剧本批判的力量。

　　全剧的主要情节是：

楔子：唐朝守卫边疆的将领张守珪部下的胡人安禄山，因征讨奚丹，丧师败绩，被押送朝廷问罪。不料，却讨得唐玄宗的欢心，并做了杨贵妃的义子，还加官为平章政事（执行宰相职务的官职）。在丞相张九龄和国舅杨国忠的劝谏之下，唐玄宗改命安禄山为渔阳节度使。安禄山离开了长安，但割不断他与杨贵妃的暧昧关系。

第一折：唐玄宗宠爱杨贵妃，封她哥哥杨国忠为丞相，封她姊妹三个作夫人。这一年七月七日，他陪杨贵妃在长殿七夕乞巧，仰看牛郎织女星，共发海誓山盟，永不分离。唐玄宗与杨贵妃日夜饮宴歌舞，尽情享乐，不理朝政。

第二折：安禄山以讨杨国忠为名，从渔阳发兵，要"抢了贵妃，夺了唐朝天下"。唐玄宗此时完全沉溺于歌舞升平之中，他正在御花园和杨贵妃吃鲜荔枝，欣赏杨贵妃在盘中跳霓裳羽衣舞。忽然传来安禄山攻破潼关，逼近长安的消息。长安空虚无备，唐玄宗只得准备向四川逃窜。

第三折：在长安父老的要求下，唐玄宗不得不留下太子李亨和李光弼、郭子仪两位元帅抵抗安禄山。他在右龙武将军陈玄礼率领的禁军护卫下，携带杨贵妃仓皇西逃。行至马嵬驿，保驾的禁军哗变。在众军士的要求下，唐玄宗不得不下令杀死了杨国忠，缢死杨贵妃。这时禁军才出发，护送唐玄宗入蜀。

第四折：安史之乱被平息了。这时太子李亨（肃宗）已经即位。唐玄宗由成都回到长安，做了太上皇，养老退居西宫。他每日只是想念杨贵妃，让画工画了幅杨贵妃的画像，朝夕哭奠。在秋雨打着梧桐的秋夜，他触景生情，更增添了诉不尽的悲哀和凄凉。整出戏在一片伤感的情调中结束。

下面选的是第四折。

元杂剧

第 四 折

（高力士上①，云）自家高力士是也②。自幼供奉内宫③，蒙主上抬举④，加为六宫提督太监⑤。往年主上悦杨氏容貌⑥，命某取入宫中⑦，宠爱无比，封为贵妃⑧，赐号太真。后来逆胡称兵⑨，为诛杨国忠为名⑩，逼得主上幸蜀⑪。行至中途，主六军不进⑫，右龙武将军陈玄礼奏过⑬，杀了国忠，祸连贵妃。主上无可奈何，只得从之⑭，缢死马嵬驿中⑮。今是贼平无事⑯，主上还国⑰，太子做了皇帝⑱。主上养老，退居西宫⑲，昼夜只是想贵妃娘娘。今日教某挂起真容⑳，朝夕哭奠㉑；不免收拾停当㉒，在此伺候咱。（正末上，云）寡人自幸蜀还京㉓，太子破了逆贼，即了帝位㉔。寡人退居西宫养老，每日只是思量妃子㉕。都画工画了一轴真容供养着㉖，每日相对，越增烦恼也呵！（做哭科）（唱）

【正宫端正好】自从幸西川还京兆㉗，甚的是月夜花朝㉘；这半年来白发添多少？怎打叠愁容貌㉙！

【幺篇】瘦岩岩不避群臣笑㉚玉叉儿将画轴高挑㉛，荔枝花果香檀卓㉜，目觑了伤怀抱㉝。（做看真容科）（唱）

【滚绣球】险些把我气冲倒㉞，身漫靠㉟，把太真妃放声高叫㊱。叫不应雨泪嚎啕㊲。这待诏手段高㊳，画的来没半星儿差错㊴；虽然是快染能描㊵，画不出沉香亭畔回鸾舞㊶，花萼楼前上马娇㊷，一段儿妖娆㊸。

【倘秀才】妃子呵，常记得千秋节㊹，华清宫宴乐㊺；七夕会㊻，长生殿乞巧㊼：誓愿学连理枝比翼鸟㊽；谁想你乘彩凤，返丹霄㊾，命夭㊿。

（带云）寡人越看越添伤感，怎生是好(51)。（唱）

【呆骨朵】寡人有心待盖一座杨妃庙(52)，争奈无权柄(53)，谢位辞朝(54)。则俺这孤辰限难熬(55)，更打着离恨天最高(56)。在生时同枕衾(57)，不能勾死后也同棺椁(58)。谁承望马嵬坡尘土中(59)，可惜把一朵海棠花零落了(60)。

（带云）一会儿身子困乏，且下这亭子(61)，去闲行一会咱。

（唱）

【白鹤子】那身高殿宇，信步下亭皋㉒，见杨柳袅翠蓝丝㉓，芙蓉拆胭脂萼㉔。

【幺】见芙蓉怀媚脸㉕，遇杨柳忆纤腰㉖；依旧的两般儿点缀上阳宫㉗，他管一灵儿潇洒长安道㉘？

【幺】常记得碧梧桐阴下立㉙，红牙箸手中敲㉚；他笑整缕金衣㉛，舞按霓裳乐㉜。

【幺】到如今翠盘中荒草满㉝，芳树下暗香消㉞；空对井梧阴㉟，不见倾城貌㊱。

（做叹科，云）寡人也怕闲行，不如回去来。（唱）

【倘秀才】本待闲散心，追欢取乐，倒惹的感旧恨，天荒地老㊲。快快归来凤帏悄㊳，甚法儿㊴，捱今宵㊵，懊恼？

（带云）回到这寝殿中，一弄儿助人愁也㊶。（唱）

【芙蓉花】淡氤氲串烟袅㊷，昏惨剌银灯照㊸；玉漏迢迢㊹，才是初更报㊺。暗觑清霄㊻，盼梦里他来到。却不道口是心苗㊼，不住的频频叫㊽。

（带云）不觉一阵昏迷上来，寡人试睡些。（唱）

【伴读书】一会家心焦燥㊾，四壁厢秋虫闹㊿，忽见掀帘西风恶，遥观满地阴云罩；俺这里披衣闷把帏屏靠⓫，业眼难交⓬。

【笑和尚】原来是滴溜溜绕闲阶败叶飘⓭，疏剌剌刷落叶被西风扫⓮，忽鲁鲁风闪得银灯爆⓯，厮琅琅鸣殿铎⓰，扑簌簌动朱箔⓱，吉丁当玉马儿向檐间闹⓲。

① 高力士：唐朝宦官，高州良德（今广东高州人）。本姓冯，后为宦官高延福养子，改姓高。唐玄宗即位后，特加宠信，任知内侍省事，权力极大。杨国忠、安禄山等都是由他推荐而至高位的。在戏剧中，他仅被当做一般内臣处理。

② 自家：自指之辞，"我"的意思。

③ 供奉：在皇帝左右任职统称"供奉"。唐玄宗时，有翰林供奉，准备应皇帝之召为宫迁撰写诗文，起草文件等事。供奉其实是伺候、服侍的意思。内宫：后宫，深宫，皇帝后妃的住处。

④ 蒙：受到，得到，是对人的敬辞。主上：皇上，指唐玄宗。抬举：赏识，信任，提拔。

⑤ 六宫：原指古代皇后寝宫，也指皇后。后来统指皇后嫔妃或她们的住处。白居易《长恨歌》："回眸一笑百媚生，六宫粉黛无颜色。"提督：统领，总监督。

⑥ 悦：喜欢，喜爱。杨氏：杨贵妃（719～756），唐蒲州永乐（今天的山西省永济县）人，字玉环，号太真。她容貌美丽，通晓间律，擅长歌舞。得到唐玄宗的宠爱后，被封为贵妃，兄弟姊妹都靠她而显贵，堂兄杨国忠曾升任宰相。后来安禄山以"清君侧"、诛杨国忠为名，发动叛乱。玄宗逃到马嵬驿，在军士的要求下，杀死了杨国忠，杨贵妃也缢死在佛堂。

⑦ 某：自称之词，相当于"我"。

⑧ 贵妃：妃嫔的称号，皇帝最宠爱的妃子，地位仅次于皇后。

⑨ 逆：叛逆。胡：胡人，我国古代北方和西方少数民族的泛

称。这里指安禄山和史思明。安禄山是唐营州柳城胡人,他曾任平卢、范阳、河东三镇节度使,后来他勾结突厥族人史思明发动叛乱,攻陷长安,自称雄武皇帝,国号燕。

⑩ 诛:讨伐。杨国忠:唐蒲州永乐(今天的山西省永济县)人,杨贵妃的堂兄,本名钊,因杨贵妃为玄宗所宠,他被赐名国忠。李林甫死后,他代理右丞相,权倾内外,结党营私。安史之乱时,随玄宗逃至马嵬驿,被士兵杀死。

⑪ 幸:古代称皇帝驾临(亲至)为幸。幸蜀:指唐玄宗到四川。

⑫ 六军:泛指朝廷的军队,这里指唐玄宗的禁军。唐本以左右龙武、左右羽林为四军,后来增加左右神武,称为京师六军。这句是说,禁军不肯前进,要求惩办祸首。

⑬ 陈玄礼:唐朝将领,初任果毅都尉,玄宗即位后,保卫宫禁。安史之乱后,他率禁军护卫玄宗西逃,至马嵬驿,他和军士诛杀杨国忠,并胁迫玄宗缢杀杨贵妃。奏:向皇帝请示报告。

⑭ 从之:听从军士的意见。

⑮ 驿:古时供递送公文的人或来往官员暂住、换马的处所。马嵬(wéi)驿:现在陕西省兴平县西。

⑯ 贼平:指安史之乱被平息,叛军被消灭。

⑰ 还国:返回京都长安。古代把首都作为国家的标志。

⑱ 太子做了皇帝:安史之乱起,玄宗仓皇逃命,留下太子李亨抵抗,命他率将士两千人以天下兵马元帅名义破敌,李亨北上灵武即皇帝位,改年号为至德,这就是唐肃宗。玄宗被迫正式传位。

⑲ 退居西宫:肃宗至德二年(757年)冬,唐军收复京城。年

底,玄宗回到长安,居住在兴庆宫内。上元元年(760年),兵部尚书李辅国矫诏(假托君命,发布诏敕)将玄宗自兴庆宫迁居西内甘露殿。

⑳ 真容:画像。古代称画像也叫写真,故名真容。

㉑ 奠:祭奠追悼。

㉒ 停当:料理妥当。

㉓ 寡人:古代君主的自称,这里指唐玄宗(685~762)即李隆基,又称唐明皇。712~756年在位,756年太子李亨即位,他位尊为太上皇。回长安后,于762年抑郁而死。还京:回到国都长安。

㉔ 即了帝位:就皇帝位。

㉕ 思量:想念。

㉖ 一轴:一幅。古代字画,一端粘有木轴,便于卷起存放和展开悬挂,故称画轴。供养:供奉,设香案果品之类进献。

㉗ 西川:指四川,这里指成都。唐代成都是剑南节度使西部地区置的治所,故称成都为西川。京兆:指长安。汉代以来的行政区划分将长安附近地区归划长安,设京兆府、京兆尹等,所以常把长安称做京兆。

㉘ 甚的是:确实是。月夜花朝:古代称二月十五为花朝,八月十五为月夜。这里比喻良辰美景,大好时光。

㉙ 打叠:收拾,整理,装束。

㉚ 瘦岩岩:瘦骨嶙峋的样子。

㉛ 玉叉儿:用玉雕饰的,摘挂东西的叉竿。画轴:指杨贵妃的画像。高挑:高举,高悬。

㉜ 香檀(tán):一种常绿小乔木,木材极香。卓:同"桌"。

㉝ 目觑(qù)：目睹。伤怀抱：伤心。

㉞ 险些把我气冲倒：形容杨贵妃的画像就像活的一样，险些儿呼出气来把人冲倒。

㉟ 漫：随意，不受拘束。

㊱ 太真妃：杨贵妃号太真。

㊲ 叫不应：高声喊没人答应。雨泪：泪下如雨。嚎啕：放声大哭。

㊳ 待诏：待命供奉内廷的人。唐代设有专门机构集中一批有一技之长的人，如文士、画工、医卜、技艺等，分别设院给以粮米，随时等待皇帝诏命，前往宫中应事。所以有画待诏、医待诏等名称，但不是官职，这里指的是画待诏。

㊴ 半星儿：半点。

㊵ 快染：快笔，速写。

㊶ 沉香亭：唐玄宗时兴庆宫内的亭名。是杨贵妃伴唐玄宗宴乐歌舞的地方。相传唐玄宗曾与杨贵妃在亭里观赏牡丹。鸾(luán)：传说中凤凰一类的鸟。回鸾舞：舞姿如鸾鸟盘旋。这里指杨贵妃跳霓裳羽衣舞。

㊷ 花萼(è)楼：指的是花萼相辉楼，也在兴庆宫内。上马娇：骑马的姿态柔美。

㊸ 妖娆：风流，姿态身段轻柔动人。

㊹ 千秋：古代祝寿时含恭敬口吻的用语。千秋节指第一折中杨贵妃自白"开元二十八年八月十五日，乃主上圣节"。

㊺ 华清宫：在陕西省临潼县南骊山西北麓。唐贞观十八年（644年）建汤泉宫。天宝六载（747年）扩建并改名华清宫，以后又改称华清池。唐玄宗每年十月到这里的温泉避寒，来春方回。

㊻ 七夕会：节日名。古代神话传说，夏历七月初七晚上，牛郎织女在天河鹊桥相会。

㊼ 长生殿：华清宫里的一座殿堂。乞巧：古代民间风俗。妇女于阴历七月七日夜间向织女星乞求智巧。本剧第一折专写玄宗和杨贵妃在长生殿乞巧时立下海誓山盟，永远相爱的事。

㊽ 连理枝：两棵树上的枝条长得连接起来。比翼鸟：两只并翅齐飞的鸟。连理枝、比翼鸟都是比喻夫妻恩爱。这个典故出自乐府诗《孔雀东南飞》。

㊾ 乘彩凤，返丹霄：这个典故出自《列仙传》：萧史善吹箫，能使孔雀、白鹤飞来。他娶秦穆公的女儿弄玉为妻。萧史教弄玉吹箫作凤鸣，引来了凤凰落在屋顶。秦穆公为他们建造凤台，他们夫妇住在上面，几年以后，他们一起随凤凰飞上天去了。这里只取弄玉乘凤升天的故事，比喻杨贵妃死后升天。

㊿ 命夭：短命、早死。

(51) 怎生：如何。

(52) 寡人有心待盖一座杨妃庙：《旧唐书·后妃传》记载：玄宗还京以后，想重新改葬杨贵妃，被礼部侍郎李揆（kuí）阻止。

(53) 争奈：怎奈。权柄：权力。

(54) 谢位：退位，下台。

(55) 孤辰限：孤单寂寞而有限的生年。难熬：难以度日。

(56) 离恨天：传说中天的最高处，比喻男女离愁别恨广漠无际。

(57) 衾（qīn）：被子。同枕衾：同床而寝。

(58) 椁（guǒ）：棺外的套棺。同棺椁：同穴埋葬。

(59) 承望：料想，想到。

⑩ 海棠花：这里比喻娇美的杨贵妃。零落了：萎谢、凋落了，死了。

⑪ 且：暂且。

⑫ 信步：漫步，随意地走。皋（gāo）：高地。亭皋：亭台。

⑬ 袅（niǎo）：纤长柔美的样子。翠蓝丝：指青翠的柳枝。

⑭ 芙蓉：荷花。拆：开放。胭脂萼：红色的花蕾。

⑮ 媚脸：妖媚的脸，指杨贵妃。这句是说，看到芙蓉花就想起了杨贵妃的笑脸。白居易《长恨歌》："回眸一笑百媚生""芙蓉如面柳如眉，对此如何不泪垂"。

⑯ 纤腰：细腰。本剧第二折中，唐玄宗夸奖正在跳舞的杨贵妃"施呈你蜂腰细"。

⑰ 两般儿：指芙蓉、杨柳两种景物。上阳宫：在唐代洛阳皇城西南禁苑内。唐玄宗时，宫人被贬谪后常禁闭在这里，所以白居易有《上阳白发人》诗作，描述上阳宫女的凄凉境况。这里隐喻唐玄宗退居西宫，犹如谪居上阳宫一样。

⑱ 管：估量之词，大概。一灵儿：一魂儿。潇洒：本意是洒脱、毫无拘束的意思，这里含有飘零、散落之意。潇洒长安道：是指杨贵妃被缢死在马嵬驿的事。

⑲ 梧桐：落叶乔木，幼树皮是绿色。古代传说凤凰鸟非梧桐树不栖息，常用来比喻爱情。

⑳ 红牙箸：红色的象牙筷子。手中敲：打拍子。这里指本剧第二折的曲子《古鲍老》："红牙箸趁五音击着梧桐案"，意思是伴随着琴的旋律打拍子，敲击。

㉑ 缕金衣：这里泛指绣着金线花边或图案的舞衣。

㉒ 霓（ní）裳乐：即《霓裳羽衣曲》，简称《霓裳》。是唐代宫廷

乐。开元中，西凉节度使杨敬述作，原是《婆罗门曲》，经玄宗润色乐谱并制成歌词。舞按霓裳乐：按照霓裳羽衣曲舞蹈。舞时披羽皮，飘然有翔云飞鹤之势，表现缥缈的仙境和仙女形象。

⑦ 翠盘：碧翠的舞盘应由绿玉砌成，相当于舞台之类。本剧第二折高力士说："请娘娘登盘演一回霓裳之舞。"

⑦ 芳树：香树，花树。暗香：古代女子衣内带的香囊散发出来的香气。暗香消：意思是说，杨贵妃已经不存在了，消失了。

⑦ 井：这里指的是井栏，保护花木的方形围栏。井梧阴：方形围栏中的梧桐树荫。

⑦ 倾：倾倒。倾城貌：美人的容貌倾城倾国，常指绝代佳人。这里指杨贵妃。这个典故出自《汉书》："（李）延年侍上（皇帝）起舞，歌曰：'北方有佳人，绝世而独立，一顾倾人城，再顾倾人国，宁不知倾城与倾国，佳人难再得。'"

⑦ 天荒地老：比喻天地为之动情，也会变得衰老。

⑦ 怏怏（yàng）：郁闷不乐的样子。凤帏（wěi）悄：描龙绣凤的寝帐里寂静无声。意思是失掉了夫妻生活的恩爱欢乐。

⑦ 甚法儿：有什么办法。

⑧ 捱（ái）：熬，忍受。

⑧ 一弄儿：所有的，一切。

⑧ 淡氤（yīn）氲（yūn）：淡淡的烟气弥漫。串烟袅：一缕缕香烟飘荡缭绕。

⑧ 昏惨剌：昏惨惨，形容昏暗，是元杂剧中常见的俗语。

⑧ 玉漏：古代一种玉制的滴水计时的仪器。也借指时刻。迢迢：长久。这句是比喻时间非常漫长。

⑧ 初更：头更，一更。一夜划分为五更，初更是刚入夜的时

候。报：报更，也叫"打更"，以打鼓或击木梆表示。

⑧ 暗觑：在暗中窥伺。清宵：冷冷清清的云霄。

⑧ 却不道：常言道。口是心苗：口里说的话都是从内心发出的，即言为心声。

⑧ 频频：屡次、连续多次地。

⑧ 一会家：一会儿。家：语气助词，无义。焦懆（zào）：非常烦恼。

⑨ 四壁厢：四边，四围。

⑨ 帏屏：隔挡床帐的屏风，也叫围屏。

⑨ 业眼：疲倦的眼神。难交：难合，难闭。

⑨ 滴溜溜：旋转的样子。阶：台阶。败：衰败。这句是指落叶。

⑨ 疏刺刺：象声词，形容秋风扫落叶的声音。

⑨ 忽鲁鲁：象声词，形容风声，这里指秋风吼叫的声音。闪：抛闪，指风吹得灯忽明忽暗。爆：灯花炸开，灯光跳动不定。

⑨ 厮琅琅：象声词，物体相互敲击发出连续的清脆响声。这里指屋檐下吊着铎铃发出的响声。

⑨ 扑簌簌：象声词，形容由于不断振动、摇撼所发出的声音。这里指珠帘抖动的声音。朱：同"珠"。箔（bó）：帘子。朱箔，也就是珠帘。

⑨ 吉丁当：象声词，金属、玉器等物品的碰击声。玉马：《芸窗私志》说：元帝把做成龙形的金属片悬挂在房檐下，夜里微风吹动，金属片相击而发出的声音，好似竹声。在民间也有人模仿它，但不敢用龙形，就用马形的金属片代替，所以叫"玉马"。这句是指屋檐下玉马被风吹动，互相碰撞所发出的响声。

（做睡科，唱）

【倘秀才】闷打颏和衣卧倚①，软兀剌方才睡着②，（旦上云）妾身贵妃是也。今是殿中设宴，宫娥③，请主上赴席咱。（正末唱）忽见青衣走来报④，道太真妃将寡人邀⑤，宴乐。

  （正末见旦科，云）妃子，你在那里来？（旦云）今日长生殿排宴，请主上赴席。（正末云）分付梨园子弟齐备着⑥。（旦下）

  （正末做惊醒科，云）呀，元来是一梦⑦。分明梦见妃子，却又不见了。（唱）

【双鸳鸯】斜軃翠鸾翘⑧，浑一似出浴的旧风标⑨，映着云屏一半儿娇⑩。好梦将成还惊觉，半襟情泪湿鲛绡⑫。

【蛮姑儿】懊恼窨约⑬，惊我来的又不是楼头过雁，砌下寒蛩⑭，檐前玉马，架上金鸡⑮；是兀那窗儿外梧桐上雨潇潇⑯。一声声洒残叶⑰，一点点滴寒梢⑱，会把愁人定虐⑲。

【滚绣球】这雨呵，又不是救旱苗，润枯草，洒开花萼；谁望道秋雨如膏⑳？向青翠条㉑，碧玉梢㉒，碎声儿必剥增百十倍歇和芭蕉㉓。子管里珠连玉散飘千颗㉔，平白地瀽瓮番盆下一宵㉕，惹人的心焦。

【叨叨令】一会价紧呵㉖，似玉盘中万颗珍珠落；一会价响呵，似玳筵前几簇笙歌闹㉗；一会价清呵，似翠岩头一派寒泉瀑㉘；一会价猛呵，似绣旗下数面征鼙操㉙；兀的不恼杀人也么哥㉚！兀的不恼杀人也么哥！则被他诸般儿雨声相聒噪㉛。

【倘秀才】这雨一阵阵打梧桐叶凋㉜，一点点滴人心碎了。枉着金井银床紧围绕㉝，只好把泼枝叶做柴烧㉞，锯倒。

  （带云）当初妃子舞翠盘时，在此树下，寡人与妃盟誓时㉟，亦

对此树㊧；今日梦境相寻，又被他惊觉了。（唱）

【滚绣球】长生殿那一宵，转回廊，说誓约，不合对梧桐并肩斜靠，尽言词絮絮叨叨㊲。沉香亭那一朝㊳，按霓裳，舞六幺㊴，红牙箸击成腔调，乱宫商炒炒妙妙㊵。是兀那当时欢会栽排下㊶，今日凄凉厮辏着㊷，暗地量度㊸。

（高力士云）主上，这诸样草木㊹，皆有雨声，岂独梧桐？（正末云）你那里知道，我说与你听者。（唱）

【三煞】润濛濛杨柳雨㊺，凄凄院宇侵帘幕㊻；细丝丝梅子雨㊼，妆点江干满楼阁㊽；杏花雨红湿阑干㊾，梨雨玉容寂寞㊿；荷花雨翠盖翩翩○51，豆花雨绿叶萧条○52：都不似你惊魂破梦○53，助恨添愁，彻底连宵。莫不是水仙弄娇○55，蘸杨柳洒风飘○56？

【二煞】味味似喷泉瑞兽临双沼○57，刷刷似食叶春蚕散满箔○58；乱洒琼阶○59，水传宫漏○60，飞上雕檐，洒滴新槽○61。直下的更残漏断○62，枕冷衾寒，烛灭香消。可知道夏天不觉○63，把高凤麦来漂○64。

【黄钟煞】顺西风低把纱窗哨○65，送寒气频将绣户敲○66，莫不是天故将人愁闷搅○67！度铃声响栈道○68，似花奴羯鼓调○69，如伯牙水仙操○70；洗黄花○71，润篱落○72，渍苍苔○73，倒墙角○74，渲湖山○75，漱石窍○76，浸枯荷○77，溢池沼○78；沾残蝶粉渐消，洒流萤焰不着○80，绿窗前促织叫○81，声相近雁影高，催邻砧处处捣○82，助新凉分外早○83。斟量来这一宵○84，雨和人紧厮熬○85，伴铜壶点点敲○86；雨更多，泪不少。雨湿寒梢，泪染龙袍，不肯相饶○87，共隔着一树梧桐直滴到晓。

　　　　　题目　安禄山反叛兵戈举
　　　　　　　　陈玄礼拆散鸾凤侣○88
　　　　　正名　杨贵妃晓日荔枝香○89
　　　　　　　　唐明皇秋夜梧桐雨

① 闷打颏(kē)：闷闷地，百无聊赖地。和衣卧依：穿着衣服睡下。

② 软兀剌：形容困倦，乏力，没有劲儿。

③ 宫娥：宫女，皇宫中的婢女。

④ 青衣：古代地位低的人穿的衣服。因为婢女多穿青衣，后来，就成了婢女的代称。这里指宫娥。

⑤ 道：说，报。邀：邀请。

⑥ 分付：吩咐。梨园子弟：唐玄宗时教练宫廷艺人的地方叫梨园。玄宗曾选宫女和官伎数百人在梨园学习歌舞，有时亲自加以教正，称为"皇帝梨园弟子"。后人称戏班为梨园，戏曲演员为梨园子弟，这里指的是后者。齐备着：准备好。

⑦ 元来：原来。

⑧ 軃(duǒ)：微微下垂的样子。翠鸾翘：翠鸾鸟尾上的长翎叫翠翘。这里指的是杨贵妃戴的形如翠鸾尾翎的华丽珍奇的头饰。

⑨ 浑一似：完全像，整个儿都像。出浴：指杨贵妃从华清池洗澡出来。风标：风姿。这句是说，杨贵妃的风姿如昔。

⑩ 云屏：云母屏风。娇：娇气，媚态。这句是说，映照在云母屏风上的是只露出半个娇媚美人的身影。

⑪ 觉(jiào)：醒。这句是说，美梦即将做成，却又被雨惊醒了。

⑫ 襟(jìn)：指衣服的前幅。情泪：为丧失美满爱情而流的

泪。鲛绡（jiāo xiāo）：相传是南海鲛人（人鱼）用生丝织成的薄纱。这个典故出自《述异记》，说南方有鲛人像鱼一样住在水中，流出的眼泪是珠子，所织出的鲛绡入水不湿。后来比喻质地轻而薄的优质丝织物为"鲛绡"。这里指唐玄宗的衣服是用最名贵的精薄丝绸做的。

⑬ 窨（yìn）约：思量。

⑭ 砌：台阶。蛩（qióng）：蟋蟀。这句是指台阶下蟋蟀凄凉的叫声。

⑮ 金鸡：雄鸡。这里指鸡鸣。

⑯ 潇潇：沙沙的雨声。

⑰ 洒：浇。

⑱ 梢：树梢。

⑲ 定虐：与"定害"意义相同，打扰、打磨的意思。

⑳ 谁望道：谁说是，谁认为。膏：油。

㉑ 向：朝着，对着。

㉒ 碧玉梢：青翠碧绿的树梢枝头，这里指梧桐。

㉓ 必剥：象声词，形容雨打在树叶上的声音，即噼噼啪啪的响声。歇和：附和、相和的意思。

㉔ 子管里：只管，一味地。

㉕ 平白地：白白地，徒劳无益地。瀽（jiǎn）：倾倒，泼。瓮（wèng）：一种盛水、酒的陶器。番：翻。瀽瓮番盆：倒瓮翻盆。

㉖ 一会价：一会儿，一阵子。价：语尾词，无义。这句是说，秋雨一阵子下得很紧啊。

㉗ 玳（dài）：玳瑁（mào），海中一种动物，形似龟。玳筵：即玳瑁筵，指珍奇华贵的筵席。笙（shēng）歌：笙管吹奏的喜乐。

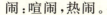

闹:喧闹,热闹。

㉘ 一派:一片,一股。寒泉瀑:深山里的瀑布。

㉙ 绣旗:绣着图案的战旗。数面:数只。一只鼓欲称一面鼓。征鼙(pí):战鼓。操:敲,搦。

㉚ 恼杀人:烦恼到极点,烦死人。

㉛ 诸般儿:各种各样。聒(guō)噪(zào):嘈杂吵闹。

㉜ 凋(diāo):凋落。

㉝ 金井:井栏上有雕饰的井。常用来指宫庭园林里的井。银床:雕饰华美的井架。

㉞ 泼枝叶:破枝叶,烂枝叶。泼:是咒骂之词,含有恶劣、卑贱的意思。

㉟ 盟誓:指本剧第一折里,唐玄宗与杨贵妃立下的海誓山盟:"朕与卿尽今生偕者,百年以后。世世永为夫妇。"

㊱ 亦:也。

㊲ 絮絮叨叨:说话不停,说了又说。

㊳ 朝(zhāo):早晨,引申为"日"。

㊴ 六幺(yāo):唐代大曲名。它的舞蹈属软舞类,由女子独舞,节奏先慢后快,舞姿轻盈柔美。

㊵ 炒炒:吵吵。

㊶ 栽排下:埋下,种下。

㊷ 厮:相互。辏(còu):车轮的辐条向中心集中,引申为聚集。凄凉厮辏:各种凄凉的景象都相互聚集在一起。

㊸ 量度:思量,考虑。

㊹ 诸样草木:各种草木。

㊺ 润濛濛杨柳雨:笼罩在杨柳上的那湿润濛濛的烟雨。

㊻ 侵:钻入。这句是说,雨从凄清的院落屋角上空侵入门窗悬挂的帘幕。

㊼ 细丝丝梅子雨:飘拂在梅子间的那丝丝细雨。

㊽ 妆点:装饰,打扮。江干:江岸,江畔。

㊾ 红湿:疑即红泪。女子伤心的眼泪。阑干:纵横散乱的样子。这句是说,落在杏花上的雨滴,好像少女伤心的泪水,在搽了脂粉的脸上留下一道道纵横散乱的痕迹。

㊿ 玉容寂寞:洁白如玉的面容带有孤寂和忧伤的神情。这句是说,滴在梨花上的雨珠儿,像美人伤春的泪水,在洁白如玉的面容上流露出幽怨之苦。

(51) 翠盖:荷叶犹如伞盖。这句是说,从荷花上落下的雨,使亭亭如盖的荷叶翩翩起舞。

(52) 潇条:即萧条,是冷落,寂寞,凋零的意思。这句是说,从豆花上滴下的雨,使绿叶变得凄然寂寥。

(53) 都不似你惊魂破梦:(以上这些雨)都不像梧桐秋雨那样惊人魂魄,破人美梦。

(54) 连宵:通宵。

(55) 水仙:指水观音,也称南海观世音,佛都菩萨名。弄娇:撒娇。

(56) 蘸杨柳洒风飘:民间传说,观音菩萨用杨柳蘸着雨露神水向四处飘洒。

(57) 味味(chuáng):象声词,泉水喷流声。瑞兽:象征吉祥的兽,如"龙"、"麒麟"等。临双沼:面对着两边的池沼。

(58) 刷刷:象声词,沙沙作响的轻声,这里是形容蚕吃桑叶的声音。箔:养蚕用的竹筛子或竹席。

⑤⑨ 琼阶:玉石砌成的台阶。

⑥⓪ 水传宫漏:雨声好似宫廷里计时的漏壶传出的滴漏之声。

⑥① 雕檐:雕镂彩绘的宫殿屋檐。酒滴新槽:雨声如同酒坊滤出的新酒滴在新造的酒槽上,清晰而响亮。酒槽是酿酒用的器具。

⑥② 更残漏断:比喻到了夜尽朝来的时候。这句是说,雨一直下到夜阑更尽。

⑥③ 不觉:没有察觉。

⑥④ 高凤麦:《后汉书·逸民传》记载:高凤年少,他妻子下田劳作,把麦子晒在院子里,让他吆喝鸡。这天正赶上天降暴雨,高凤手拿着竹竿正诵读诗文,雨水把麦子都漂走了,他一点也没有感觉到。本剧用这个故事比喻失志困顿,并兼取雨水满庭的意思。

⑥⑤ 哨:呼哨,吹响。这句是说,(不尽的风雨)顺着西风低声地把纱窗吹响。

⑥⑥ 绣户:雕绘华丽的门户。

⑥⑦ 故:故意。

⑥⑧ 度:过。栈道:在悬崖绝壁上凿孔支架木桩,铺上木板而成的道路。度铃声响栈道:安史之乱时,玄宗仓皇逃避到四川,路过栈道时,大雨久下不停,在栈道中所见铃声与山相应声,音哀怨凄凉,后人模仿它作"雨霖铃"曲。

⑥⑨ 花奴:这个典故出自《羯鼓录》,花奴是唐代汝阳王的乐工,善于敲击羯鼓,为玄宗所宠爱。羯(jié)鼓:是从西域传入的打击乐器,形如漆桶,用两手持杖叩击,又名"两杖鼓"。唐代宋璟曾说:"头如青山峰,手如白雨点,此即羯鼓之能事也。"本文只

取"白雨点"之意,形容雨声急骤。

㉘ 伯牙:古代传说人物,相传生于春秋时代,善弹琴。琴曲《水仙操》、《高山流水》为伯牙当时所作。操:琴曲的一种。水仙操即水仙曲。

㉑ 黄花:菊花。

㉒ 篱落:篱笆。

㉓ 渍(zì):淹渍,沤渍。

㉔ 倒:冲倒。

㉕ 渲(xuàn):宣泄。

㉖ 漱:冲刷,荡洗。

㉗ 浸:浸泡。枯荷:枯萎的荷花。

㉘ 溢:水漫出。以上八个动词,洗、润、渍、倒、渲、漱、浸、溢都是形容雨水之盛。

㉙ 残蝶:生命即将完结的蝴蝶。粉渐消:蝴蝶身上的粉被雨水冲洗掉,飞不动了。

㉚ 流萤:飞动着的萤火虫。焰不着:萤火虫被雨水浇湿,发不出光来。

㉛ 促织叫:被雨水淋湿的蟋蟀发出哀鸣。促织:蟋蟀的别名。

㉜ 砧(zhēn):捣衣石。洗衣时,把衣服放在水边的石板上,用木槌捶,叫做捣衣。

㉝ 助新凉分外早:(冷雨)助长了新凉,好像秋天来得分外早。

㉞ 斟量:细细思量。

㉟ 紧厮熬:紧紧地互相煎熬。这里是指雨声折磨人。

⑧ 铜壶：铜制的漏壶，古代的一种计时器。

⑧ 不肯相饶：（雨和泪）都不肯互相让步。

⑧ 鸾凤：鸾鸟和凤凰。鸾凤侣：比喻恩爱夫妻或情侣，这句是指第三折中，玄宗行至马嵬驿时，禁军哗变，右龙武将军陈玄礼胁迫唐玄宗下令缢死杨贵妃的事。

⑧ 这句是指第二折中，因杨贵妃好食荔枝，唐玄宗派人骑马去四川取荔枝，几天便可回到长安，荔枝的色、香、味不变。

帮你读

《梧桐雨》是一部很完美的悲剧，最后一折只写到杨贵妃死后，唐明皇"追思"的一幕。在白朴笔下，唐明皇是一个既亡国又亡家的封建君主。他既未能用政治力量坚守自己的爱情誓约，保护杨贵妃，也未能保住自己和权力本身。他想念太真妃"有心待盖一座杨妃庙，争奈无权柄谢位辞朝"。最终落得个孤家寡人的可悲下场，只能在冷雨凄风中聊发思念之情，从夜一直到晓。整个结尾没有光明，连一点亮色也看不到，像这样一悲到底的纯粹悲剧，与我国戏曲传统的大团圆模式和我国民众的一般欣赏习惯是很不相同的。

这出戏的高潮在第四折，它与元杂剧高潮多在第三折的惯例有所不同。这一折几乎毫无复杂的人物性格之间的直接冲突，没有紧锣密鼓式的情节，也没有那种妙趣横生的对白。它是戏剧冲突结束以后，对悲剧主人公内心活动的展现。就戏而论，这已经是尾声了；就人物来说，内心的矛盾和冲突正在向高峰发展。作者把前三折作为第四折的铺垫，使情节到此形成一个抒

元杂剧

情高潮,没有所谓"强弩之末"的感觉。这个高潮不是人物行动带来的,也不是戏剧冲突造成的,而是由一种情绪,一种无限感伤的意绪和凄楚境况促成的。从某种意义来说,它不是通常意义上的情节剧或冲突性戏剧,而是一种独特的情绪剧和抒情诗剧。剧作家以浓重抒情的笔调,揭示出人物内心不息的矛盾,展现唐明皇在雨打梧桐中,思念杨贵妃所引起的种种起伏动荡的思潮。这就像音乐中的咏叹调,诗歌中的咏怀诗,具有浓郁的抒情气氛。因此前人说:"白仁甫《梧桐雨》以闻雨而终,所以成其佳妙。"

第四折在写景抒情、创造意境方面颇有独到之处。作者长于景物设计,善于造就浓重的抒情气氛来感染和引发人物的情怀。这一折以凄凉的秋夜为背景,地点是寂静的西宫寝殿一角。唐明皇孤独地深居宫中,宫墙上高挂着杨贵妃的画像。唐明皇睹物思人,不禁雨泪嚎啕。丧失爱妃的切肤之痛,丢失帝位的抑郁之情,前路茫茫的无法预料都聚扰来,形成一股不可按捺的情绪流,喷涌而出,简直无法遏止。一套【正宫端正好】连续二十三支曲子,一气呵成,尽情抒发了唐明皇内心的失落感和幻灭感。他感到自己周围是一片空虚,只有靠对杨贵妃无止息的思念,来填塞灵魂中黑暗的无底洞穴。这里,他不禁追忆起昔日的欢会:"沉香亭畔回鸾舞,花萼楼前上马娇","千秋节,华清宫宴乐;七夕会,长生殿乞巧",还有梧桐树下的海誓山盟,这是一种多么绚丽斑斓、欢情无限的爱情生活啊!然而,乐极生悲,盛极哀来,当初的欢乐带来了今日的悲哀。看真容"越看越添伤感",于是唐明皇起而"闲行"散心。在宫院亭畔见到的却是:"翠盘荒草满,芳树下暗香消"。睹物伤怀,又增加了他对杨贵妃的思念,哀愁像春草一样越长越深,无法排遣,他只好返回寝殿。"玉漏迢迢","昏惨刺银灯照","盼梦里他来到",此时窗外,阴云笼罩,一株老梧桐,枝枯叶凋。风起处,四壁秋虫闹,落叶西风扫,檐间玉马丁当响,厮琅琅的鸣铎叫,四处景物都是添愁的资料。

唐明皇刚好瞌眼睡去,梦见杨贵妃邀请他赴宴听乐,忽然一阵雨打梧桐,把他惊醒。雨是最容易引起感伤的,雨是最容易产生忧思的,【叨叨令】是这样描写秋雨的:"一会价紧呵","一会价响呆","一会价清呵","一会价猛呵"。随着"紧"、"响"、"清"、"猛"四个字的变化,雨呈现出不同的音响,一个字比一个字来得猛烈、急骤。作者还用一连串巧妙的比喻(通称博喻):"似玉盘万颗珍珠落","似玳筵前几族笙歌闹","似翠岩头一派寒泉瀑","似绣旗下数面征鼙操"来形容打在梧桐叶上的"诸般雨声相聒噪"。这样就把唐明皇当时烦恼的感情和盘托出了。"雨一阵阵打梧桐叶凋,一点点滴人心醉了"。【倘秀才】用雨打梧桐叶的实写引出雨滴人心的虚写,既切合唐明皇的精神面貌,又富有诗意。"雨更多,泪不少","雨和人紧厮熬"【黄钟煞】。雨声越淋漓,则人物感情也越深沉。夜雨敲打梧桐,点点滴滴,如泣如诉,彻夜连宵。这各种各样的雨声,其实是唐明皇烦乱如麻心情的写照。更何况,对他来说,梧桐是其爱情的象征和见证。如今,爱情已被毁灭,梧桐又横遭摧残,这情景怎能不深深触动他的情怀?至高的权力,恩爱的妃子,欢乐的生活都永远地失去了,唐明皇早已处在完全的绝望中。秋风萧瑟,昏灯冥冥,寒更点点,秋雨如膏……这是一个多么耐人寻味、无限凄凉的艺术境界啊!何等的惊魂摄魄之景,激起何等撕心裂肺之情。有情有景,情景交融,互相映衬,很好地衬托出唐明皇缠绵而又悲怆的凄苦心情，揭示了他忧伤、颓废的精神状态。

　　本折由"正末"扮演唐明皇主唱，在文采方面显得富丽堂皇。它的每一只曲文，就像是盛开的一支鲜花，二十三支曲文便组成了一个花丝，一座花山，鲜艳夺目，香飘万里。有些曲辞写得像赋，铺排恣肆，文辞豪华，这对于表现宫廷帝王生活的历史剧来说是妥帖适宜的。比如本折煞尾的最后三支曲子写各种雨声，用的全是比喻，迭玉连珠，美不胜收。王国维在《人间词话》中说："白仁甫《秋夜梧桐雨》剧，沉雄悲壮，为元曲冠。"这说明它在艺术上达到了很高的成就。

　　由于历史和阶级的局限，作者虽然写出了一代兴亡的历史和教训，暴露了统治者的淫逸乱政，但更多的是对他们的爱情寄予深切的同情，这是我们在阅读中应该注意的。作者不可能为这个亡国帝王找到一条摆脱败亡的道路，结果就只能以半是诅咒，半是哀挽的大悲剧结束全剧。

李逵负荆

康进之

康进之,元代著名杂剧作家,生卒年不详,棣(dì)州(今天的山东省惠民县)人。他的生平事迹已不可考,只知道他写过两本杂剧,都是关于梁山泊英雄黑旋风李逵的。一本是《黑旋风老收心》,已失传;另一本《梁山泊李逵负荆》,是现传元代人写的水浒戏里最优秀的作品,影响较大。后人评其曲词风格时说:"其词势非笔舌可能拟,真词林之英杰也。"

《李逵负荆》是一部轻松愉快的喜剧,它通过李逵与宋江之间一场误会性的戏剧冲突,歌颂了梁山起义军,塑造了起义英雄李逵疾恶如仇,勇于改过的可爱性格,揭示了农民起义军与人民群众之间的血肉联系。

全剧的主要情节是:

第一折:梁山泊附近的杏花庄里,有个开酒店的老汉叫王林,他只有一个十八岁的女儿叫满堂娇。清明时节,有两个流贼宋刚和鲁智恩,冒充梁山好汉宋江和鲁智深来店里吃酒。王老汉为了向梁山英雄致敬,让女儿出来敬酒,宋刚和鲁智恩借机抢走了满堂娇。这一天恰巧是梁山泊放假的日子,黑旋风李逵也下山踏青赏玩,来到王林酒店买酒。当他得知刚才发生的这一情况后,以为真是宋江和鲁智深干了坏事,决定立即回山,找他们算账。

第二折:李逵奔上山来,质问宋江,大骂鲁智深,抢起板斧去砍绣有"替天行道"的杏黄旗,大闹了聚义堂。宋江、鲁智深感到莫名其妙,问李逵有何凭证。李逵出示信物红裆膊做证据。宋江与李逵打赌:若是他抢了满堂娇,情愿杀头;若不是,李逵杀头。他们立了军令状,同鲁智深一道下山,去与王林老汉对质。

第三折:下山路上,李逵严密监视宋江和鲁智深,只恐他们乘隙逃脱,并不断地讥笑挖苦他们。到了杏花庄,王老汉再三辨认,宋江、鲁智深不是抢他女儿的人。李逵大怒,怪王林糊涂,对他又打又骂。但事实证明,是坏人冒名干了坏事,李逵非常悔恨,只得返回梁山。他们走后,宋刚、鲁智恩带了满堂娇回到王林家。王老汉感激李逵为救他女儿赌着头来,为搭救李逵,捉拿强盗,他用酒灌醉了两个歹徒,连夜上梁山报告。(本文选的就是这一折)

第四折:李逵为自己的鲁莽行为感到羞愧,便砍了一束荆杖背在身上,回山寨向宋江、鲁智深认错赔罪。他央告宋江打几下了事,希望得到宽恕,但宋江执意按军令从事,只要头,不杖脊。无奈,李逵只得决定借宋江的太阿宝剑自刎。在这关键时刻,王林赶到,宋江便令李逵去捉拿这两个流贼将功折罪。二贼捉到,冒充梁山好汉的恶棍终于被处死。宋江为李逵设宴庆功,兄弟和好如初,王林父女也欢喜团圆。

下面选的是第三折。

第 三 折

（王林做哭上，云）我那满堂娇儿也，则被你想杀我也①！老汉王林，被那两个贼汉将我那女孩儿抢将去了②，今日又是三日也。昨天有那李逵哥哥③，去梁山上寻那宋江、鲁智深，要来对证这一桩事哩④。老汉如今收拾下些茶饭，等候则个⑤。（做哭科，云）我那满堂娇儿，说道今日第三日，送他来家⑥，不知来也是不来，则被你想杀我也！（宋江同鲁智深、正末上）（宋江云）智深兄弟，咱行动些⑦。你看那山儿⑧，俺在头里走，他可在后面；俺在后面走，他可在前面，敢怕我两个逃走了那？（正末云）你也等我一等波⑨，听见到丈人家去，你好喜欢也。（宋江云）智深兄弟，你看他那厮迷言迷语的⑩，到那里认的不是，山儿，我不道的饶了你哩⑪！（正末唱）

【商调集贤宾】过的这翠巍巍一带山岸脚，遥望见滴溜溜的酒旗招⑫。想悲欢不同昨夜，论真假只在今朝。（云）花和尚⑬，你也小脚儿，这般走不动。多则是做媒的心虚⑭，不敢走哩。（鲁智深云）你看这厮！（正末唱）鲁智深似窟里拔蛇⑮。（云）宋公明⑯，你也行动些儿。你只是拐了人家女儿，害羞也，不敢走哩。（宋江云）你看他波！（正末唱）宋公明似毡上拖毛⑰。则俺那周琼姬⑱，你可甚么王子乔⑲，玉人在何处吹箫⑳，我不合蹬翻了莺燕友㉑，拆散了这凤鸾交㉒。

（云）我今日同你两个，来这杏花庄上呵，（唱）

【逍遥乐】倒做了逢山开道㉓。（鲁智深云）山儿，我还要你遇水搭桥哩。（正末唱）你休得顺水推船，偏不许我过河拆桥㉔。（宋江做前走科）（正末唱）当不的他纳胯挪腰㉕。（宋江云）山儿，你不记得上山时，认俺做哥哥，也曾有八拜之交哩㉖。（正末唱）哥也！你只说在先时，有八拜之交；元来是花木瓜儿外看好㉗，不由咱不回头儿暗笑。待和你争甚么头角㉘，辩甚的衷肠，惜甚的皮毛。

（云）这是老王林门首。哥也，你莫言语㉙，等我去唤门。（宋江云）我知道。（正末叫门科）老王，老王，开门来！（王林做打盹科）（正末又叫科，云）老王，开门来！我将你那女孩儿送来了也。（王林做惊醒科，云）真个来了！我开开这门。（做抱正末科㉚，云）我那满堂娇儿也！吓！元来不是。（正末唱）

【醋葫芦】这老儿外名唤做半槽㉛，就里带着一杓㉜。是则是去了你那一十八岁这个满堂娇㉝，更做你家纪老㉞。（云）俺叫了两声不开门，第三声道，送将你那满堂娇女孩儿来了。他开开门，搂着俺那黑脖子㉟叫道，我那满堂娇儿也。（唱）老儿也，似这般烦恼的无颠无倒㊱，越惹你揉眵抹泪哭嚎啕㊲。

（云）哥也，进家里来坐着。（宋江、鲁智深做入座科）（正末云）他是一个老人家。你可休唬他。我如今着他认你也，老王，你过去认波。（王林云）老汉正要认他哩。（宋江云）兀那老子㊳，你近前来，我就是宋江。我与你说，那个夺你那女孩儿去，则要你认的是者㊴。我与山儿赌着六阳会首哩㊵。（正末云）老王，你认去，可正是他么？（王林做认科，云）不是他，不是他。（宋江云）可如何？（正末云）哥也，你等他好好认咱，怎么先睁着眼吓他这一吓㊶，他还敢认你那？兀的老王㊷，只为你那女孩儿，俺弟兄两个赌着头哩。老王，兀那

个不是你那女婿,拐了满堂娇孩儿的宋江?(王林做再认摇头科,云)不是,不是。(宋江云)可何如?(正末唱)

【幺篇】你则合低头就坐来㊽,谁着你睁眼先去瞧㊹;则你个宋公明威势怎生豪㊺,刚一瞅,早将他魂灵吓掉了。这便是你替天行道㊻,则俺那无情板斧肯担饶㊼!

(云)老王,你来。兀那秃厮便是做媒的鲁智深㊽,你再去认咱。(鲁智深云)你快认来。(王林做再认科,云)不是,不是。那两个:一个是青眼儿长子㊾,如今这个是黑矮的;那一个是稀头发腊梨㊿,如今这个是剃头发的和尚。不是,不是。(鲁智深云)山儿,我可是哩?(正末云)你这秃厮,由他自认,你先吃喝一声怎么?(唱)

【幺篇】谁不知你是镇关西鲁智深㉛,离五台山才落草㉜,便在黑影中摸索也应着㉝,只被你爆雷似一声先唬倒。那呆老子怕不知名号㉞。(带云)适才间他也待认来㉟,(唱)只见他摇头侧脑费量度㊱。

(宋江云)既然认的不是,智深兄弟,我们先回山去,等铁牛自来支对㊲。(正末云)老王,我的儿㊳,你再认去,(王林云)哥,我说不是他,就不是他了,教我再认怎的?(正末做打王林科)(王林云)可怜见打杀老汉也!(正末唱)

【后庭花】打这老子没肚皮揽泻药㊴,偏不的我敦葫芦摔马杓㊵。(宋江云)小偻㑩㊶,将马来,俺与鲁家兄弟先回去也。(正末云)你道是兄弟每将马来先回山寨上去;我道,哥也,你再坐一坐,等那老子再细认波。(唱)哥哥道备马来还山寨。(带云)哎,哥也,羞的你兄弟,(唱)恰便似牵驴上板桥㊷。恼的我怒难消㊸,踹扁了盛浆铁落㊹,辘轳上截井索㊺,芭棚下瀽副槽㊻。掷碎了舀酒瓢,砍折了切菜刀。

【双雁儿】就恨不一把火，刮刮挦挦烧了你这草团瓢⑱。将人来，险中倒⑲，气得咱一似那鲫鱼跳⑳。可不道家有老敬老，家有小敬小㉑。

> （宋江云）智深兄弟，咱和你回山寨去。（诗云）堪笑山儿忒慕古㉒，无事空将头共赌。早早回来山寨中，舒出脖子受板斧㉓，（同鲁智深下）（正末做叹科，云）嗨！这的是山儿不是了也！（唱）

【浪里来煞】方信道人心未易知㉔，灯台不自照。从今后开眼见个低高㉕。没来由共哥哥赌赛着㉖，使不的三家来便厮靠㉗，则这三寸舌是俺斩身刀。（下）

> （王林云）李逵哥去了也。他今日果然领将两个人来着我认，道是也不是。元来一个是真宋江，一个是真鲁智深，都不是拐我女孩儿的。不知被那两个天杀的，拐了我满堂娇儿去？则被你想杀我也！（宋刚做打嚏，同鲁智恩、旦儿上，云）打嚏耳朵热，一定有人说㉘。可早来到杏花庄也㉙。我那泰山在那里㉚？我每原许三日之后，送你女孩儿回家，如今来了也。（王林做相见抱旦哭科，云）我那满堂娇儿也！（宋刚云）泰山，我可不说谎，准准三日，送你令爱还家㉛。（王林云）多谢太仆抬举㉜！老汉只是家寒㉝，急切里不曾备的喜酒㉞，且到我女儿房里吃一杯淡酒去，待明日宰个小小鸡儿请你。（鲁智恩云）老王，我那山寨上有的是羊酒，我教小偻㑩赶二三十个肥羊，抬四五十担好酒送你。（王林云）多谢太仆！只是老汉没的谢媒红送你㉟，惶恐杀人也㊱！（宋刚云）俺们且到夫人房里去吃酒来。（下）（王林云）这两个贼

汉，元来不是梁山泊上头领。他拐了我女孩儿，左右弄做破罐子㉘，倒也罢了。只可惜那李逵哥哥，一片热心，赌着头来，这须不是要处㉟。我如今将酒冷一碗，热一碗，劝那两个贼汉吃的烂醉。到晚间，等他睡了，我悄悄蓦上梁山㊱，报与宋公明知道，搭救李逵，有何不可。（诗云㊲）做甚么老王林夜走梁山道，也则为李山儿恩义须当报。但愁他一涌性杀了假宋江㊳，连累我满堂娇要带前夫孝。（下）

 讲一讲

① 想杀我也：意思是"想死我了。""杀"，表示极甚的词语。

② 这句中第一个"将"字当"把"讲，第二个"将"是语气助词。

③ 哥哥：是对年轻男子的尊称。

④ 对证：指第一折中，李逵在杏花庄听说宋江、鲁智深抢走了王林的女儿，便决定回山把宋江、鲁智深带到杏花庄与王林老汉对质一事。

⑤ 则个：句末语气词，无义。

⑥ 他：指满堂娇。这句是指在第一折中，贼汉宋刚、鲁智恩抢走王林的女儿做压寨夫人，说只借三日便还回满堂娇。

⑦ 行动些：走快一点儿。

⑧ 山儿：李逵的乳名。

⑨ 波：语气助词，无义。

⑩ 迷言迷语：胡言乱语。

⑪ 不道的：不能够，岂能。

⑫ 滴溜溜：形容旋转，飘动。酒旗：指王林酒店门外招揽顾

客的旗帜。

⑬ 花和尚:鲁智深的外号。

⑭ 多则是:大概,恐怕。

⑮ 窟里拔蛇:蛇钻进洞时头在下,人如果拽它的尾部,因滑溜及逆鳞的缘故,虽用力也难以拔出。这里是比喻鲁智深走路很困难,拖不动脚步。

⑯ 宋公明:宋江,字公明。

⑰ 毡(zhān)上拖毛:在毡上拖毛,因涩滞不易移动,这里比喻宋江走路非常缓慢。

⑱ 周琼姬:古代传说中的仙女。

⑲ 可甚么:算什么。王子乔:"乔"字应作"高"。王子高是宋神宗时人,名迥,字子高,传说他与仙女周琼姬相爱,同游仙境芙蓉城,住了一百多天才回来。

⑳ 玉人在何处吹箫:这个典故出自汉代刘向的《列仙传》。春秋时,秦穆公的女儿弄玉嫁给了善吹箫的萧史。萧史教弄玉吹箫作凤鸣,凤凰果然被引来了。后来他们就跨上凤凰飞上天了。这句的意思是说,你究竟把满堂娇藏到哪里去了。

㉑ 不合:不该。莺燕:莺、燕春天常在一起,故并称。友:交好。莺燕友:比喻恩爱夫妻。

㉒ 凤鸾(luán):也作鸾凤,比喻夫妇。以上两句是李逵用反语讽刺宋江说:我不该拆散你们这对恩爱夫妻。

㉓ 逢山开道:起了开路先锋的作用。它与下一句中的遇水搭桥都是当时的俗语。鲁智深所说的"遇水搭桥"是语意双关。

㉔ 过河拆桥:弦外之音是李逵要拆散这桩婚事。

㉕ 纳:按捺。胯(kuà):腰与大腿之间的部分。挪:扭动,摇

摆。纳胯挪腰：两手按着胯间，扭动着腰。意思是装腔作势，摆臭架子。这里用来丑化宋江走路扭捏的姿态。

㉖ 八拜之交：八拜是古代世交子弟见长辈的礼节。后世又称异姓结为兄弟的为"八拜之交"，结拜时，礼数非常隆重。

㉗ 花木瓜儿外看好：花木瓜是一种结果植物。果实好看但不能吃。这是比喻徒有一个好的外表，其实无用，中看不中吃。

㉘ 头角：因由。

㉙ 莫言语：不要说话。

㉚ 做抱正末科：王老汉想女儿想痴了，开门却把李逵抱住了。

㉛ 外名：外号。槽：装酒器。半槽：半槽酒。

㉜ 杓：舀酒器具。就里带着一杓：(已喝了半槽酒)，另外又添加一杓。以上两句是形容王林喝酒很多，以致酒醉迷迷糊糊。

㉝ 是则是：虽则是，虽然是。

㉞ 更做：即便是。

㉟ 膊(bó)子：膀子。

㊱ 无颠无倒：颠颠倒倒，心神不定的样子。

㊲ 眵(chī)：眼眶中排泄出的黏液，也叫眼屎，俗称眵目糊。嚎啕：大声哭。

㊳ 老子：对老年人的泛称，相当于"老公公"。

㊴ 的：明。是：正确。的是：清楚准确。者：语尾助词，无义。

㊵ 六阳会首：古代医书认为，人有手三阳脉，足三阳脉，合在一起叫六阳脉，都总会于头部，因此称头为六阳会首。这里是指第二折中，宋江与李逵以头打赌，立下军令状，下山来对质。

㊶ 睁着眼：瞪着眼。

㊷ 兀的：发语词，表示加重语气。

㊸ 则合：只应该。

㊹ 着：让。

㊺ 威势：威风凛凛的架势。豪：强横霸道。

㊻ 便是：就是。替天行道：代行上天的旨意。这是梁山农民起义军用以鼓动群众的口号。

㊼ 肯担饶：不肯饶恕。

㊽ 兀那秃厮：骂人话，那个秃子。

㊾ 长子(cháng zi)：高个子。

㊿ 腊梨：同"瘌痢(là lì)"，生在头皮与头发上的癣，也叫秃疮。稀头发腊梨：头发稀少的瘌痢头。

(51) 镇关西鲁智深：打死了恶霸镇关西郑屠的鲁智深。他因此而犯了官司，后来在五台山做了和尚。

(52) 落草：旧社会把被压迫者逃到草泽山林，参加抗暴组织，对压迫者进行反抗斗争的行为称做落草。

(53) 便在黑影中摸索也应着：意思是，闭着眼睛，人们也知道你是鲁智深。

(54) 呆老子：痴痴呆呆的老头。不知名号：不知深浅，或不太清醒。

(55) 适才：刚才。待：打算，要。

(56) 摇头侧脑：摇头晃脑。量度：思量，忖度。这里作辨认解。

(57) 铁牛：李逵的乳名。支对：对答，答话。

(58) 老王，我的儿：这是李逵气急了骂王林的话。

(59) 没肚皮揽泻药：当时俗语，原指没有好肠胃还偏要吃泻药。比喻没有把握做事，偏要蛮干，结果闯了祸。这里的意思是说，没有看准就不负责任地瞎说一气。

⑥⓪ 偏不的：怪不得。敦：把东西使劲儿一放，撞击。敦葫芦摔马杓：指李逵借摔打东西来发泄心中的气愤。葫芦、马杓都是指王林家里盛酒和舀水的用具。这一句是承接上句，意思是说，难道只许你乱说，就不许我胡来吗？

⑥① 偻㑊(lóu luó)：旧时多用来称啸聚山林的士众叫偻㑊。也写作"喽啰"。

⑥② 将马来：备马来。

⑥③ 恰便似：正好像。板桥：独木小桥。牵驴上板桥：牵驴走狭窄的独木小桥非常危险，驴子是很难在这种桥上行走的，费很大的劲儿也不容易牵动它。用以比喻裹足不前，左右为难。这里的意思是说李逵的处境非常尴尬(gān gà)，很难走回山寨。

⑥④ 恼：恨。

⑥⑤ 踹(chuài)：用脚底踢。铁落：滤酒用的铁制漏斗。

⑥⑥ 辘轳(lù lu)：汲取井水的起重装置，井上竖立支架，上面装有可用手柄摇转的轴，轴上绕绳索，两端各系水桶。截井索：砍断轴上绕着的绳索。

⑥⑦ 芭(bā)棚：芭蕉叶盖成的棚。瀽(jiǎn)：泼掉。副槽：酒槽。这句是说，将棚下酒槽中的酒都泼掉。

⑥⑧ 刮刮拶拶(zā zā)：象声词，烈火焚烧杂物的声音。草团瓢：圆形茅屋。

⑥⑨ 险中(zhòng)倒：险些气倒。

⑦⓪ 一似：好像。

⑦① 可不道：岂不知。

⑦② 堪笑：可笑。忒(tè)：太。慕古：疑即木古，痴呆古板

之意。

⑦⑬ 舒出:舒展开,伸出。

⑦⑭ 方信道:才知道。未易知:不容易了解。

⑦⑮ 低高:即高低,优劣的意思。开眼见个低高:睁开眼睛要看清楚好人和坏人。

⑦⑯ 共:与,和。

⑦⑰ 使不的:不行。三家来:对头对证。厮:互相。靠:相违。这句是说,经不起三头对案,就证实了自己所想的与事实相违。

⑦⑱ 打嚏耳朵热,一定有人说:这是迷信说法。

⑦⑲ 早:已经。

⑧⑩ 泰山:岳父的别称,古时称妻子的父亲为泰山。

⑧⑪ 令爱:对别人女儿的敬称。

⑧⑫ 太仆:原是古代官名。秦汉沿用周代旧制。太仆为九卿之一,职掌舆马和牧畜之事。宋元时借以称各色人物,此处是人们对绿林好汉的敬称。抬举:关照,照料。

⑧⑬ 家寒:家里贫困。

⑧⑭ 急切里:急急忙忙之中。

⑧⑮ 谢媒红:酬谢媒人的礼物。

⑧⑯ 惶恐:惭愧。

⑧⑰ 左右:反正,横竖。破罐子:指已失身不贞的女子。

⑧⑱ 须不是:却不是,绝不是。这须不是耍处:这可不是闹着玩的事。

⑧⑲ 蓦(mò):忽然,很快的。这里有乘贼汉不注意,迅速而去的意思。

⑨⑩ 诗云:下场诗。

㉑ 一涌性：一时之勇，性子冲动，不顾一切，指性情鲁莽。

在所有能见到的水浒戏中，《李逵负荆》是首屈一指的。它对梁山起义军的纪律严明和"替天行道救生民"进行了热烈的赞颂。但这种赞颂不是通过正面直接地展示起义军军事和政治壮举来完成的，而是通过真假宋江这个误会的造成与解决来达到的，构思可谓新颖别致。流氓宋刚、鲁智恩利用人民信赖起义军的心理，冒名梁山头领抢走了王林的女儿，造成了王林对起义军的误会。李逵又轻信了王林的话而造成了对宋江的误会，这才引出了全剧的冲突，产生了"闹山"、"对质"等情节。由于误会的消除，又引出李逵负荆请罪的举动，直至惩治了坏人，带来了冲突的和解。可以说，整个剧情的发展都是建筑在"误会"这块基石上的。如果抽去这块"基石"，戏剧冲突也就化为乌有了。这种误会又是以人物性格的真实性为依据的，所以戏剧冲突并不显得虚假。这个误会最能表现梁山英雄李逵的性格，而也只有李逵这样的性格才会促成、加剧这个误会。误会解决了，李逵的性格也完成了，歌颂梁山起义军的主题也实现了。对此，我们不能不惊叹戏剧家精妙的构思。

剧中，作者成功地塑造了李逵这个艺术典型。但他不是正面地去写李逵的优秀品质，而是通过他鲁莽性格所导致的轻率、判断错误以及由此造成的种种过失来显示李逵的崇高精神境界的。由于没经过认真调查，李逵就轻信了王林的话，以为宋江、鲁智深抢走了满堂娇，因此演出了第三折《对质》一场戏。在下山路上，李逵视自己的结拜兄弟如狗羊，驱前赶后，犹如衙役押解囚犯。一路上，他冷嘲热讽，无理地奚落宋、鲁二人。对质中，张口"宋公明"，闭口"秃厮"，粗暴地呵斥他们，明明是自己弄错了，还再三折腾别人，近乎耍赖。事实已明白无误地证实是李逵搞错了，他不说自己冒失莽撞，却怪王林"没肚皮揽泻药"，打得王老汉叫苦连天，还摔东西泄愤，扬言要烧掉房子，火暴性子急剧发作，几乎不能控制自己。这种鲁莽的行动，十分准确地表现了李逵懊恼悔恨，气急败坏的心理。一般地说，鲁莽总是叫人摇头否定的，但发生在李逵身上却使人感到可笑，甚至可爱。观众看完之后还是喜欢他，这是为什么呢？因为李逵的鲁莽，既表现了其主观盲动，易于激动的缺点，又表现了他忠于梁山事业，憨直无私的优点。他易于激动，轻信人言，使我们感到好笑；他憨直无私，热爱人民，又使我们觉得可爱。他的优点仿佛全被缺点掩盖了，但同时，这些缺点却又成了他优点的一种特殊形式。从他性格外在表现看是显示其鲁莽，但从思想内在因素看则是显示其正直。这里有一条贯穿李逵全部行为的红线，那就是对梁山泊起义事业有着赤子一般的忠诚。谁胆敢破坏梁山的声誉，他就毫不留情，不管你是多大的头领，也不管过去是多么亲密的兄弟。他憎恨强抢民女的不义行为，其动机是为民除害，维护梁山泊事业的纯洁。所以，人们并不因为他主观冒失而否定他行为的正义性。这些不计较个人荣辱的鲁莽行动反而突出了他的崇高品质，那烈火般的性格愈加衬托出他的正直和无私。因此，虽然作者写的是他的过失和缺点，但却收到了赞美的效果，这就是本剧在人物塑造上独特的成功之处。

　　《李逵负荆》是一部妙趣横生的幽默喜剧。在第三折，作者从李逵的性格出发，安排了令人捧腹的喜剧情节。李逵下山时心中十分自信，坚信对质定能制服宋江，因为宋江强抢民女是王林亲口所讲，那还有错？因此便严密监视宋江、鲁智深。宋、鲁二人没做亏心事，心中自然坦然十分，听任李逵摆布。可越这样，李逵越认为他们是心虚害怕了，因而他的语言就越容易伤害对方，也就越能引起观众的讥笑。他嫌宋江走得快，挖苦说："你也等我一等波，听见到丈人家去，你好喜欢也。"一会儿又嫌他走得慢了，讥讽道："你只是拐了人家女儿，害羞也，不敢走哩。"他还嘲笑鲁智深："花和尚，你也小脚，这般走不动，多则是做媒的心虚，不敢走哩。"李逵以为胜券在握，故而揶揄宋、鲁二人，流露出调皮之气。他说这些话是一本正经的，而在宋江看来则是"迷言迷语"，观众也感到山儿滑稽得讨人喜欢。

到了王林家，李逵敲门，王林思女心切，以为满堂娇回来了，一开门就抱住了李逵，他想女儿都想痴了。这个情节非常真实有趣。试想，一个白发老头抱着一个黑大汉，一边哭着，一边叫着女儿的名字，这是多么滑稽啊！它表现了作者很善于把握喜剧关键的处理。

在对质中，李逵不断警告和预防宋江用恐吓手段来压制王林的揭发，一再鼓动王林上前去仔细辨认。可王林一认不是，二认还不是，李逵有些心慌，但不肯认输，反而怪宋江"先睁着眼吓他这一吓"。对鲁智深，他先发制人，不准鲁智深讲话，由他向王林介绍，可王林说两个人的相貌完全不同。李逵心虚了，可仍不低头，照例骂了鲁智深一顿，嗔怪他"爆雷似一声先吓倒"了王林，使他不敢仔细辨认。由于总的判断是错误的，他越认真、机警，就越显得是自作聪明，越让人觉得好笑。这些强词夺理的语言是多么风趣,动作又是多么的天真,这就构成了兴味盎然的喜剧效果;观众笑他的鲁莽,但在笑声中又爱他的正直。虽然戏剧冲突已发展到了"你死我活"的顶点,但观众仍不感到紧张得透不过气来,相反却觉得轻松愉快,观众看到的是李逵纯真而善良的心灵,因此发出了赞美的笑。

　　第三折的收场是十分令人称道的。当王林得知错怪宋江、鲁智深,并因此也连累李逵的性命时,便巧妙周旋,用计灌醉了两个冒名歹徒,冒着生命危险连夜上梁山泊去报信。这反映了当地人民与梁山起义军血肉相连的亲密关系。起义英雄爱人民,人民也尊敬爱戴梁山泊好汉。王林为救李逵而不顾自身安危,显示出人民群众对起义军的热爱和信赖,起义军与人民之间如此深厚的鱼水关系,在这里得到了充分的体现。在封建时代,文学作品敢于写农民起义题材的本来就不多,用这种肯定的态度来描写梁山泊农民起义的,在文学史和戏剧史上就更少了。因此,我们说《李逵负荆》的确是元杂剧中一部不可多得的好戏。

倩女离魂

郑光祖

　　郑光祖,字德辉,平阳(今天的山西省临汾市)人,生卒年不详。他曾任杭州路吏,为人正直,很有文才。病死后,葬在西湖灵隐寺。郑光祖与关汉卿、马致远、白朴并称为元曲四大家。他的词曲清丽,风格洒脱,情致凄婉,是元代剧坛后期最著名的作家,有剧作十八种,《倩女离魂》是他的代表作。

　　《倩女离魂》全名《迷青琐倩女离魂》。这是一部优美的爱情剧,是作者根据唐代陈玄祐的传奇小说《离魂记》编写而成的。他用浪漫主义的笔调,描述了张倩女思恋王文举而魂离肉体,与王文举结合的动人故事。作品反映了在封建礼教束缚下,青年男女对爱情的渴望和对自由幸福追求的强烈意愿。全剧情节新奇,曲词典雅瑰丽,确是元杂剧中的上品,为历来戏曲评论家所称道。

　　本剧的主要情节是:

　　楔子:衡州王同知与本处张公弼指腹为婚。王家生了一个男孩儿叫王文举,张家生了一个女孩儿叫张倩女。后来,王文举父母双亡,倩女的父亲也去世。倩女十七岁时,王生赴京赶考,顺路到张家探望岳母,这时才与未婚妻倩女见面,二人十分

元杂剧

爱慕。

第一折：不料倩女的母亲只许王生与倩女以兄妹相称，他们俩对此迷惑不解。老夫人带着倩女在折柳亭为王生饯行，王生又提起与倩女的亲事，老夫人竟以张家三代不招白衣秀士（没做官的读书人）为由，要他考中得官以后再来完婚。倩女为离别而伤感，更怕王生得官后会抛弃她。王生也无可奈何，只得上路。

第二折：倩女此时已坠入情网而不能自拔，回家后忧愁成疾，害了相思病卧床不起。她神志恍惚，灵魂飘荡，魂魄竟然离开躯壳去追赶王生。这时王生正在船上抚琴解闷，见了倩女十分吃惊，认为倩女不应该私奔。可是，倩女的离魂态度坚决，不肯回去。王生深受感动，打消了顾虑，和她一同赴京。（本文选的就是这一折）

第三折：倩女的躯体留在家中，仍在病床上呻吟。王生在京城考中状元，写信告诉老夫人，他将和小姐一起回家。家里的倩女对王生一去杳无音信怨恨不已，病得死去活来，见了信之后，以为王文举另有了夫人，气得昏迷过去。

第四折：三年后，王文举被任命为衡州府判，他和倩女的离魂一同衣锦还乡。王生向老夫人谢罪，说不该私带小姐进京。老夫人很奇怪，说小姐染病在床，未曾出门，哪里又冒出个倩女，一定是鬼魅。王生持剑要砍离魂，离魂进了倩女的房内，与病床上的倩女躯壳合为一体，离魂附体，倩女的病也好了，大家不惊异。老夫人杀羊造酒，王生和倩女喜庆成婚。

下面选的是第二折。

第 二 折

（夫人慌上①云）欢喜未尽，烦恼又来。自从倩女孩儿在折柳亭与王秀才送路②，辞别回家，得其疾病，一卧不起。请的医人看治，不得痊可，十分沉重，如之奈何？则怕孩儿思想汤水吃，老身亲自去绣房中探望一遭去来③。（下）（正末上，云）小生王文举，知与小姐在折柳亭相别，使小生切切于怀④，放心不下。今夜舣舟江岸⑤，小生横琴于膝⑥，操一曲以适闷咱⑦。（做抚琴科）（正旦另扮离魂上⑧，云）妾身倩女⑨，自与王生相别，思想的无奈⑩，不如跟他同去；背着母亲，一径的赶来⑪。王生也，你只管去了，争知我如何过遣也呵⑫！（唱）

【越调斗鹌鹑】人去阳台，云归楚峡⑬。不争他江渚停舟⑭，几时得门庭过马⑮？悄悄冥冥⑯，潇潇洒洒⑰。我这里踏岸沙，步月华⑱；我觑这万水千山，都只在一时半霎⑲。

【紫花儿序】想倩女心间离恨，赶王生柳外兰舟⑳，似盼张骞天上浮槎㉑。汗溶溶琼珠莹脸㉒，乱松松云髻堆鸦㉓，走的我筋力疲乏。你莫不夜泊秦淮卖酒家㉔？向断桥西下，疏刺刺秋水菰蒲㉕，冷清清明月芦花。

（云）走了半日，来到江边，听的人语喧闹，我试觑咱。（唱）

【小桃红】我蓦听得马嘶人语喧哗，掩映在垂杨下，唬的我心头丕丕那惊怕㉖，原来是响珰珰鸣榔板捕鱼虾㉗。我这里顺西风悄悄听沉罢㉘，趁着这厌厌露华㉙，对着这澄澄月下，惊的那呀呀呀，寒雁起平沙。

【调笑令】向沙堤款踏㉚，莎草带霜滑㉛；掠湿湘裙翡翠纱㉜，抵多少苍苔露冷凌波袜㉝。看江上晚来堪画㉞，玩冰壶潋滟天上下㉟，似一片碧玉无瑕。

【秃厮儿】你觑远浦孤鹜落霞㊱，枯藤老树昏鸦㊲，听长笛一声何处发，歌欸乃㊳，橹咿哑㊴。

（云）兀那船头上琴声响，敢是王生？我试听咱。（唱）

【圣药王】近蓼洼㊵，望蓼花㊶，有折蒲衰柳老兼葭㊷；近水凹，傍短槎㊸，见烟笼寒水月笼沙㊹，茅舍两三家。

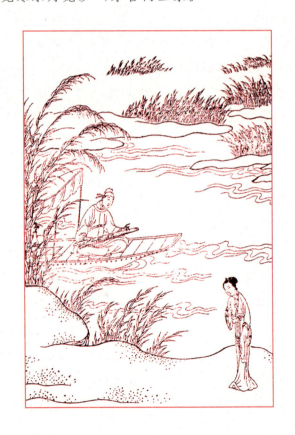

（正末云）这等夜深，只听得岸上有女人音声，好似我倩女小姐，我试问一声波。（做问科，云）那壁不是倩女小姐么⁴⁵？这早晚来此怎的？（魂旦相见科⁴⁶，云）王生也，我背着母亲，一径的赶将你来，咱同上京去罢。（正末云）小姐，你怎生直赶到这里来？（魂旦唱）

【麻郎儿】你好是舒心的伯牙⁴⁷，我做了没路的浑家⁴⁸。你道我为甚么私离绣榻⁴⁹，待和伊同走天涯。

　　（正末云）小姐是车儿来？是马儿来？（魂旦唱）

【幺篇】险把咱家走乏⁵⁰。比及你远赴京华⁵¹，薄命妾为伊牵挂，思量心几时撇下。

【络丝娘】你抛闪咱⁵²，比及见咱，我不瘦杀⁵³，多应害杀⁵⁴。（正末云）若老夫人知道怎了也？（魂旦唱）他若是赶上咱，待怎么？常言道：做着不怕。

　　（正末做怒科，云）古人云：聘则为妻⁵⁵，奔则为妾⁵⁶。老夫人许了亲事，待小生得官回来，谐两姓之好⁵⁷，却不名正言顺？你今私自赶来，有玷风化⁵⁸，是何道理？（魂旦云）王生，（唱）

【雪里梅】你振色怒增加⁵⁹，我凝睇不归家⁶⁰；我本真情，非为相吓，已主定心猿意马⁶¹。

　　（正末云）小姐，你快回去罢。（魂旦唱）

【紫花儿序】只道你急煎煎趱登程路⁶²，元来是闷沉沉困倚琴书⁶³，怎不教我痛煞煞泪湿琵琶⁶⁴。有甚心着雾鬓轻笼蝉翅，双眉淡扫宫鸦⁶⁵？以落絮飞花⁶⁶，谁待问出外争如只在家⁶⁷？更无多话，愿秋风驾百尺高帆⁶⁸，尽春光付一树铅华⁶⁹。

　　（云）王秀才，赶你不为别，我只防你一件。（正末云）小姐防我那一件来？（魂旦唱）

【东原乐】你若是赴御宴琼林罢⑦，媒人每拦住马，高挑起染渲佳人丹青画⑦，卖弄他生长在王侯宰相家。你恋着那奢华，你敢新婚燕尔在他门下⑦？

（正末云）小生此行，一举及第，怎敢忘了小姐。（魂旦云）你若得登第呵，（唱）

【绵搭絮】你做了贵门娇客⑦，一样矜夸⑦；那相府荣华，锦绣堆压⑦。你还想飞入寻常百姓家⑦？那时节似鱼跃龙门播海涯⑦，饮御酒，插宫花⑧，那其间占鳌头、占鳌头登上甲⑦。

（正末云）小生倘不中呵⑧，却是怎生？（魂旦云）你若不中呵，妾身荆钗裙布⑧，愿同甘苦。（唱）

【拙鲁速】你若是似贾谊困在长沙⑧，我敢似孟光般显贤达⑧。休想我半星儿意差，一分儿抹搭⑧，我情愿举案齐眉傍书榻，任粗粝淡薄生涯⑧，遮莫戴荆钗⑧、穿布麻⑧。

（正末云）小姐既如此真诚志意，就与小生同上京去如何？

（魂旦云）秀才肯带妾身去呵，（唱）

【幺篇】把艄公快唤咱，恐家中厮捉拿⑧。只见远树寒鸦，岸草汀沙⑧，满目黄花⑩，几缕残霞。快先把云帆高挂，月明直下；便东风刮，莫消停⑪，疾进发。

（正末云）小姐，则今日同我上京应举去来。我若得了官，你便是夫人县君也⑫。（魂旦唱）

【收尾】各剌剌向长安道上把车儿驾⑬，但愿得文苑客当时奋发⑭；则我这临邛市沽酒卓文君⑮，甘伏侍你濯锦江题桥汉司马⑯。（同下）

 讲一讲

① 夫人：指张倩女的母亲。

② 王秀才：王文举，倩女的未婚夫。送路：送行。在第一折，老夫人逼王生考中科举再行结婚，王生启程赴京，倩女送行。

③ 老身：老妇人自称。

④ 切切于怀：念念不忘。

⑤ 舣（yǐ）舟：把船停泊在岸边。

⑥ 横琴于膝：把琴横放在膝盖上。

⑦ 操一曲：弹奏一曲。适闷：解闷。

⑧ 离魂：古时迷信，认为人的灵魂能离开身躯而独立行动。另扮离魂：另外扮作张倩女的灵魂。

⑨ 妾（qiè）：古代女子表示谦卑的自称。

⑩ 思想的无奈：想念的非常厉害，无法排遣。

⑪ 一径：一直，直接。

⑫ 争知：怎知，哪里知道。过遣：排遣，打发日子。

⑬ 人去阳台，云归楚峡：这个典故出自宋玉《高唐赋·序》：楚怀王游高唐时，梦见巫山神女与他欢会。离别时，神女与楚怀王约定："妾在巫山之阳，高丘之阻，旦为朝云，暮为行雨，朝朝暮暮，阳台之上。"阳台：指巫山之阳的高丘。楚峡：指巫山，巫峡。后来，人们把阳台、楚峡比做男女欢会的地方。这句是说，王生已经离走了，倩女自己也已回去了，相亲相爱的人分开了。

⑭ 不争：如果，若是。江渚（zhǔ）：江边。这句是说，现在如果不趁着他的船停靠在岸边的机会来相会。

⑮ 门庭过马：指衣锦荣归，车骑过门。这句是说，那什么时候才能等得他回来？

⑯ 悄悄冥冥（míng）：形容倩女离魂轻盈，飘忽无定的样子。

⑰ 潇潇洒洒：形容倩女离魂行动敏捷，走得极快的样子。

⑱ 步月华：踏着月色行走。月华：月光。

⑲ 半霎：很短的时间。以上两句是说倩女离魂走过千山万水只需短暂的时间，行动非常迅速。

⑳ 兰舟：即木兰舟，船的美称。

㉑ 张骞（qiān）：西汉人，著名的外交使臣，曾经出使西域。浮槎（chá）：传说中往来于海上和天河之间的木筏子。相传张骞到了黄河源头，乘坐木筏子直上天河，见过牛郎织女。这句是形容倩女恐怕追不上王生的急迫心情。

㉒ 汗溶溶：形容汗水不断流下的样子。琼珠：玉珠。莹：玉石的光彩。这句是说，汗珠在脸上闪光。

㉓ 云髻（jì）堆鸦：古代妇女的头发挽成圆圆的发髻，犹如云朵，所以称云髻。由于赶路勿忙，挽在头上的高高发髻松斜坠，犹如挤在一起的乌鸦，所以叫堆鸦。

㉔ 秦淮：河名，流经南京市，六朝时，那一带曾经是歌舞繁华的地方。"夜泊秦淮卖酒家"是作者化用唐代诗人杜牧《泊秦淮》："夜泊秦淮近酒家"的诗句，想像王文举夜泊他乡。

㉕ 疏刺刺：象声词，形容流水声。菰蒲（gū pú）：菰和蒲都是多年生水生草本植物。

㉖ 丕丕（pī）：象声词，心跳声，形容心慌。

㉗ 榔（láng）：捕鱼时用以敲船用的长木条。鸣榔板：捕鱼的一种方法，渔民夜间捕鱼，用长条木板敲打船舷发出声响，使鱼

受到惊吓撞入渔网。

㉘ 这句是说，我顺着西风悄悄地听那鸣榔板的声音渐渐地离去了，听不见了。

㉙ 厌厌露华：露水浓重的样子。

㉚ 款踏：软踏，慢慢地行走。

㉛ 莎草：香草，也称香附子。

㉜ 湘裙翡翠纱：翡翠色的湘绣裙子。

㉝ 苍苔露冷：庭院中的露水寒冷。凌波：这个典故出自曹植的《洛神赋》："凌波微步，罗袜生尘。"这是形容洛水神女在水面上行走，步履轻盈的样子。凌波袜：指美人极精致的丝袜。以上两句是说，在野外行走，露水浸湿了衣裙和鞋袜，比站在院中台阶上痴望时沾的露水要多得多。

㉞ 堪画：可入画。

㉟ 玩：欣赏，观赏。冰壶：形容月色澄明。激滟（liàn yàn）：水满的样子。这句是说观赏月浸江水，水波荡漾，天光水色相连，交相辉映的景色。

㊱ 浦（pǔ）：水滨。孤鹜：孤单的野鸭子。落霞：落日时的霞光，晚霞。这句是说，晚霞中，远方的水滨有一只野鸭。"孤鹜落霞"出自王勃的《滕王阁序》："落霞与孤鹜齐飞，秋水共长天一色"，写的是秋天黄昏的景色。

㊲ 昏鸦：黄昏时归巢的乌鸦。枯藤老树昏鸦：出自马致远的小令《天净沙·秋思》："枯藤老树昏鸦"，写的是秋天荒凉的晚景。

㊳ 欸（ǎi）乃：本是摇橹的声音，后来成为船夫摇船的曲名，唐代民歌有《欸乃曲》。

㊴ 橹咿(yī)哑:形容摇橹的声音。

㊵ 蓼(liǎo):适于在潮湿地方生长的辛菜。蓼洼:辛菜丛生的沼泽。

㊶ 蘋(píng):多年生的水生植物,开白花。

㊷ 蒹(jiān):尚未长穗的芦苇。葭(jiā):初生的芦苇。蒹葭:指芦苇。

㊸ 傍:临近。短槎:指王生坐的小船。

㊹ 烟:烟霭。月:月光。笼:笼罩。这句是说,月光下的江水沙岸都被迷雾笼罩着。"烟笼寒水月笼沙"出自唐代诗人杜牧的《泊秦淮》,写的是秋水之滨的夜景。

㊺ 壁:边。

㊻ 魂旦相见科:倩女离魂与王文举做相见的动作。

㊼ 好是:好似。舒心:很自在,没有心事。伯牙:指春秋时代著名的琴师俞伯牙。他弹得一手好琴,相传他创作了《水仙操》、《高山流水》等琴曲。

㊽ 浑家:老婆,妻子。

㊾ 榻:泛指床。绣榻:多指深闺中妇女色彩绚丽的床榻。

㊿ 险:险些,几乎。咱家:自称之词,"我"的意思。

(51) 比及:等到。

(52) 抛闪:撇下,丢下。

(53) 瘦杀:瘦死了。

(54) 害杀:这里是被相思病所害的意思。

(55) 聘(pìn)则为妻:封建礼法,男方向女方送聘礼定了婚的,女子才为正妻。

(56) 奔:旧社会把女方主动向男方求爱,私许终身,不依照封建礼法的规定而自相结合的称为"奔"。妾：小老婆。

⑤⑦ 谐两姓之好：使王、张两家和谐、融洽的意思。

⑤⑧ 玷（diàn）：败坏。风化：风俗教化，即封建社会道德。

⑤⑨ 振色：正色，板起了脸。

⑥⓪ 凝睇（dì）：凝视，注目看。这句是说打定了主意。

⑥① 心猿意马：原是道家用语，是说心思像猿猴一样爱动，意念像马一样地奔驰，用来比喻人的心流荡散乱，把握不定，难以控制。这句是说已经打定了主意。

⑥② 急煎煎：急急忙忙。趱（zǎn）：加快，紧赶。趱登程路：急忙登程赶路。

⑥③ 困倚琴书：借琴书来消愁解闷，形容行旅的寂寞和凄凉。

⑥④ 痛煞煞：极甚之词，形容生离死别似的痛苦。泪湿琵琶：形容女子思念丈夫十分伤感。

⑥⑤ 雾鬓：形容古代妇女的发型轻如云雾。蝉翅：古时候妇女有一种发式，看上去缥缈如蝉翼。扫：画，抹。宫鸦：指一种宫样眉式，用青黑色画眉。这两句是说，没有心思再去梳头描眉，精心妆扮。

⑥⑥ 落絮飞花：这里比喻人的漂泊不定。

⑥⑦ 争如：怎似。只在：总在。这句是说，谁不知道出外不如在家好。

⑥⑧ 这句是说，愿王生一路顺风。

⑥⑨ 尽：任。铅华：原指妇女化妆搽脸用的粉，这里指树上的飞絮。满树粘飞絮，意味着春光将尽。这句是说，自己则任凭青春消逝。

⑦⓪ 御宴：皇帝设宴。琼林：指琼林苑，是皇帝赐宴新科进士

的地方,后来就称科举放榜后招待进士的宴会叫琼林宴。这里是考中了进士的意思。

⑦ 佳人丹青画:美人的画像。丹青:丹和青是两种可做颜料的矿物,是古代绘画中常用的颜色,所以常以丹青代称彩画。

⑦ 敢:定。新婚燕尔:新婚和乐。以上这段【东原乐】曲文表达了倩女担忧的心情。因为在旧时,京师的贵族大官,每次都趁进士科举放榜时挑选女婿,有些新进士为了攀上高门就停妻再娶。

⑦ 娇客:女婿,爱婿。

⑦ 矜(jīn)夸:夸耀。

⑦ 锦绣堆压:绸缎衣料堆积如山,形容十分富有。

⑦ 飞入寻常百姓家:这句出自唐代刘禹锡的《乌衣巷》诗:"旧时王谢堂前燕,飞入寻常百姓家。"是说这里曾是东晋王导、谢安等豪门贵族之地,如今却成了普通老百姓居住的地方了,含有沧海桑田,富贵无常的感慨。本剧借用这句诗,是说王生一旦高中,就可能贪恋富贵豪门,不会再回到普通人家里来。

⑦ 鱼跃龙门:传说鲤鱼过龙门便可成为龙。旧时用以比喻科举及第。播:迁移。这句是说,到那时,王生一旦科举考中,顿时便会身价百倍,扬名四海,他也就会远走高飞了。

⑦ 宫花:宫廷里专用的绢花。

⑦ 占鳌(áo)头:考中状元。唐宋时,皇宫殿前陛阶上镌有巨鳌(传说中的海中大龟),中举的进士们拜见皇帝时,状元在前,正对着陛阶的鳌头。后来,就称状元及第为"独占鳌头"。登上甲:与占鳌头意义相同,即甲科甲第的进士第一名。

⑧ 倘(tǎng):假如。不中(zhòng):没有考中。

㉿ 荆:一种灌木。钗(chāi):妇女的一种首饰。荆钗裙布:以荆条为钗,以粗布为裙,表示安于俭朴贫寒的生活。

㉒ 贾谊困在长沙:贾谊是汉代的政治家和文学家。汉文帝很器重他,但因大臣排挤,他被贬为长沙王太傅,不久便忧郁而死。

㉓ 贤达:有才德,有声望的人。

㉔ 抹搭:怠慢。

㉕ 粝(lì):粗米。这句是说,任凭过着清茶淡饭的清苦生活。

㉖ 遮莫:尽管。

㉗ 布麻:用粗布和麻做成的衣服。

㉘ 厮(sī):相。

㉙ 汀(tīng)沙:沙滩。

㉚ 黄花:菊花。

㉛ 莫消停:不要停滞滞留。

㉜ 夫人县君:封建时代对官员妻子的封号。四品官的妻子为郡君,五品官的妻子为县君,夫人县君即县君夫人。

㉝ 各剌剌:象声词,形容车轮滚动的声音。长安:泛指京城。

㉞ 文苑客:指读书人,文坛上的人。当时:正当时运。

㉟ 临邛(qióng):现在四川省邛崃县。市:市场。沽(gū)酒:卖酒。这句是倩女以卓文君自比。

㊱ 甘:甘心情愿。濯(zhuó)锦江:是现在四川成都市的浣花溪。题桥:即题柱。司马相如由成都去长安时,曾在这座桥头厅柱上题词:“不乘赤车驷马,不过汝下也。”意思是说,我做不了官,决不从你门下走过。这里借此比喻王生的志气和抱负。汉

司马：即汉代的文学家司马相如。

《倩女离魂》是一出具有独特成就的爱情剧。从艺术手法上讲，作者遵循"理之所无，情之所有"的美学原则，追求一种人情可以理解的"奇"。倩女爱情意识的强烈和深切，致使她的魂魄离开了身躯，去追随离去的爱人，而她的躯体却躺在家中病床上呻吟。这可真算是"奇"了。其实这也不足为怪，正是由于倩女对爱真挚专一，精神活动高度集中，才使她陷入游离忘我，超脱物外的精神境界的。一个是魂，在幻想的天国里自由飘荡；一个是身，在现实的牢笼中备受煎熬。乍看起来似乎有些荒诞，其实，这正是由于倩女的"真情"变为"痴情"而导致的。作者巧妙地运用灵魂出壳这一闪烁着浪漫主义光彩的情节，去表现倩女追求理想爱情的胜利，是合乎"痴情幻觉"的逻辑发展的，是符合生活本质的。因此，倩女的一切幻觉，离魂的种种言行，甚至"魂旦"与"正旦"在舞台上会合在一体，都是能得到人们的理解的。这种浪漫主义手法的运用，应说是本剧艺术上的主要成就。倩女的离魂，是维护自己的爱情，反对封建礼教的一种斗争。这表明，封建礼教可以限制青年的行动，却无法拘束他们追求自由幸福的愿望。

《倩女离魂》在戏剧语言方面有显著成就，"笔端写出惊人句"。作者十分注意对倩女离魂的描写，把她的动作、心情和神态刻画得惟妙惟肖。倩女与离魂，虽然本是一个人，但魂灵毕竟与真人不同，所以在第二折中，离魂的出场就显得轻飘飘的，真像幽灵在游荡。她月夜追赶王生，走起路来是蹑手蹑脚，躲躲闪闪，"悄悄冥冥，潇潇洒洒"，动作轻捷，行为飘忽。"我这里踏岸沙，步月华；我觑这万水千山，都只在一时半霎"，则显示出这是个离体的"灵魂"。否则，闺中少女，如何能在"一时半霎"就越过"万水千山"呢？她与王生的对白也很特别，王生问她是怎么来的，她却回答："我做了没路的浑家"，"待和伊同走天涯"。王生又问她是坐车来还是骑马来，她还不正面回答，只淡淡地说声："险把咱家走乏"。这些语意都很含混，使人感到很符合灵魂飘飘荡荡的特点。另一方面，我们通过描写又感觉到她与真人相似，由于长途跋涉，倩女离魂也"汗溶溶琼珠莹脸，乱松松云髻堆鸦，走的我筋力疲乏"，表现出她焦急的心情和匆忙赶路的神态。听见渔人捕鱼敲榔板，吓得她战战兢兢，"心头丕丕那惊怕"，把一个娇怯少女在夜间赶路时惊恐不安的心理和盘托出。她还明明白白地对张生说："我背着母亲，一径的赶将你来，咱同上京去罢。"这些地方使我们感到她又像是个现实中的真人。这种半是真人，半是灵魂，似幻却真，如虚却实的写法颇能引起观众的悬念，产生强烈的戏剧效果。

作者描写月下秋江的景色也是十分动人的。第二折开始连续用了六支曲文着力渲染了秋夜江景。淡淡的月光，轻轻的烟雾，犹如薄薄的纱幕覆盖在江面上。月光朦胧，烟水迷蒙，一个美丽少女的游魂正是在这个静悄悄的月夜里飘然而至江边，她窥探着，倾听着，担心着……这种轻烟笼月的迷离景色，展现了一个幽美奇幻的境界，烘托了离魂飘忽的神情。远处是孤鹜落霞，老树昏鸦；近处是荻薄芦花、茅舍两三家。如玉壶之冰的江面上传来了悠扬的长笛和琴声，流水潺潺，船橹咿哑，榔板涪涪，寒雁呀呀。这些声响更衬托了月夜的寂静，突出地表现了倩女离魂的寂寞和焦急的心情。这些描写情景交融，婉约幽深，抒情气息十分浓重，从而增添了幽雅迷蒙的气氛，为我们创造出一个优美的意境。它是真切的，又是绚丽的，是独特的，又是奇幻的。这些唱词，辞藻优美，音韵悠扬，语言清丽流畅，为历来评论家所赞赏。作者还将前人描写秋景的名句信手拈来，如王勃《滕王阁序》中的"孤鹜落霞"，马致远的小令《天净沙》中的"枯藤老树昏鸦"，杜牧的诗《泊秦淮》中的"烟笼寒水月笼沙"，把它熔铸在自己的作品中，自然妥帖，痕迹全无，其手法的高明是值得后人学习和借鉴的。

这出戏还成功地塑造了大胆反抗封建礼教，热烈追求自由幸福生活的倩女形象，这个形象的成功之处，在于作者刻画了她毫不妥协的反抗性格。倩女感情热烈，大胆直率，行动坚决。在第二折，王生走后，倩女卧病在床，虽然她的身躯不能自由地去追求她所爱恋的人，但她那超越现实的魂魄却不顾现实中老母的严厉管教，不顾封建礼法的重重束缚，大步踏出牢牢禁锢着她的闺房，去追赶上京应试的王生。

王生被倩女的果敢行为吓坏了，他战战兢兢地说："若是老夫人知道，怎了也？"倩女斩钉截铁地回答："做着不怕！"显示出她一往无前、义无反顾的坚强性格。王生又以封建传统观念指责她："你今私自赶来，有玷风化，是何道理！"倩女毫不退缩，理直气壮地表示："我本真情，非为相吓，已主定心猿意马。"表现出她惊人的勇气。这种"真诚志意"的精神感化了王生，可他还有顾虑，又提出了一个问题："小生倘不中呵，却是怎生？"倩女坦诚地回答："我情愿举案齐眉傍书榻，任粗粝淡薄生涯，遮莫戴荆钗

元杂剧

穿布麻。"这种专诚不二的精神展现出倩女的爱情理想,她所追求的并不是荣化富贵,而是夫妇和谐的爱情生活。这在讲究门当户对、爱富嫌贫的封建社会,是十分难能可贵的。这样,倩女的斗争不仅仅只是为了追求自己的爱情幸福,而是有着否定封建礼教和功名门第观念的意义。她以自己的坚定克服了王文举的犹豫,用自己的大胆追求扫清了王生的顾虑,终于使王生跳出了封建礼教的藩篱,和她一同双双进京。倩女以自己顽强的意志和勇敢坚定的斗争精神,挣脱了封建礼教的桎梏,最终赢得了爱情的自由和幸福。

元杂剧

元杂剧知识

元杂剧，或称"元曲"，是元代用北曲演唱的戏曲形式。它有一套比较严整的艺术体制，这里，我们将它作一个简单的介绍。

一、结构

元杂剧的每一个剧本名叫一"本"，如果材料丰富，一本容纳不下，可以扩充，如《西厢记》竟有五本之多，但普通都只有一本。

"折"是每一本元杂剧的一个大段落，相近于现代话剧中的一幕。它也是音乐组织单元，每一折用同一宫调的若干曲牌联成一个整套。所谓一折，实际上是与一套曲子相适应的。每本戏一般有四折，但有些作者，为了内容的需要，也会打破框框，增加折数，比如《赵氏孤儿》写了五折。在一折里又可以分为几场，场是故事情节发展的小段落。分场的标准，是全部演员退入后台，出现空场。

楔子是元杂剧里很特别的一种结构，它是在四折以外增加的较短的独立的戏剧段落。楔子本来是指一头厚一头薄，用来塞紧木器榫头的木片。元杂剧借用它"塞紧"的意思，用在折与折之间来衔接剧情，有承上启下的功能，近似现代戏曲中的过场戏。还可以把它放在第一折的前面，作为剧情的开端，用以交代故事和人物的缘起，有序幕的作用。但不能把它放在全剧的末尾。每本戏只用一个楔子，少数剧本也有两个的。楔子短小精悍，它不必用一长套曲子，只用一两支曲子就可以了。唱曲的人物，可以不是全剧中主唱的角色，如《窦娥冤》主唱者是正旦窦娥，而在楔子里却是冲末窦天章。

二、音乐

元杂剧的音乐属于北曲，北曲有七声音阶（南曲只有五声音阶）。在音乐结构形式上，它有一套较完整、严谨的规定。每一折戏唱同一宫调的一套曲子，每本四折，分别采用四个不同的宫调。在剧本的唱词前都标明了宫调与曲牌的名称，如《窦娥冤》第三折标的是【正宫端正好】，"正宫"是宫调名，类似现代音乐中的"A调"、"C调"。各宫调音色不同，很容易和人的不同感情联系起来。剧作家可根据不同需要，分别采取某种宫调。"端正好"是曲牌名，曲牌是当时各种曲调名的泛称。每一个宫调里包含一套曲调，多时可以达到三十多支。这些曲子多来自北方汉族和各少数民族的民歌。每一折里所用的全部曲牌必须都属于同一宫调，如《窦娥冤》第三折用了十个曲牌，就都属于"正宫"。重复使用前一个曲牌的叫"幺篇"。

三、曲词

曲词是按剧情需要的曲牌填写的文字，也叫"曲文"，就是唱词或歌词。曲词是在诗、词和民间说唱文学基础上形成的新诗体。它有严格的韵律，同一折里所有的曲词都要押同一个韵脚。在每个曲牌中，曲词的字数是一定的，但可以适当增句和添加衬字，演唱时甚至可灵活处理，这样可使曲词含义更完满通畅，有利于比较自由地表情达意，便于搬上舞台演出。

四、宾白

元杂剧以歌唱为主，以说白为辅，所以叫"宾白"。它是用说话的方式来表达剧情的一种艺术手段，在剧本中往往用"云"字

元杂剧

来加以指示,如"末云"、"旦云"等。宾白常采用元代流行的口语,比较通俗易懂。宾白包括独白——一个人自叙。对白——剧中人物两个或两个以上的对话。旁白——剧中人物背着同台的其他人物,面向观众表达自己的想法和内心活动,剧本上写"背云"。带白——是主唱人物在歌唱中偶尔插入几句独白,它可以活跃舞台气氛,剧本上写"带云"。宾白还可以分散白(散而无韵)和韵白。韵白可以是诗词,也可以是快板书或顺口溜。有的戏,人物一上场要念四句上场诗;人物下场前,一般也念四句下场诗,诗的内容由出场人物的身份、年龄、职业而定。元杂剧的故事情节,剧中人物的各种复杂关系,主要靠宾白交代出来。曲词抒情,宾白叙事,两相配合,相得益彰。宾白还有逗笑的作用,可以调节气氛。优秀的剧作往往有生动的宾白,短短几句就能表现人物的个性,对人物的塑造起着重要作用。

五、科

科是元杂剧剧本里常见的戏剧术语,一般指演员在舞台上表演的动作或情态。如"做叹气科",就是演员表演叹气的动作和神态。有的还标明了"三科了",就是要求演员重复三次同一种动作。也有把舞台效果称做科的,如"雁叫科",就是要求后台发出相应的雁叫的声音,以收到真实感人的效果。

六、角色

用各行角色扮演剧中人,是我国古代戏曲艺术的一大特点。元杂剧的角色似乎名目纷繁,其实归纳起来不外乎末、旦、净、杂四类。

末——男角。男主角称"正末",一般扮演端庄、正派的主要男性人物。此外,还有"副末"、"外末"等次要角色。以上几种均可简称为"末"。

旦——女角。女主角叫"正旦",一般扮演端庄、正派的主要女性人物。此外,还有"外旦"、"老旦"等次要角色。

净——花面。脸上用彩色涂脸谱,一般扮演勇猛、刚烈、凶恶的人物,有男角也有女角。"丑"是净的一种,鼻子涂白粉,即"小花脸"、"三花脸儿"之类,一般扮演滑稽、狡猾的人物。

杂——主要指群众角色,扮演剧中不重要又不知名的角色。

七、题目正名

题目正名是元杂剧剧本结尾处总括全剧的对句,一联或两联。对句的末句是剧名的全称,全称中的三或四个字作为剧名的简称。如关汉卿的《窦娥冤》结尾的对句是:

题目　秉鉴持衡廉访法

正名　感天动地窦娥冤

"感天动地窦娥冤"就是剧的全称,"窦娥冤"为简称。由于题目正名句数少,句式整齐,易懂易记,主要情节和人物乃至作者倾向都能点明,因此很有价值。

八、演唱形式

唱是元杂剧的主要构成部分,元杂剧的演唱形式尤为独特,它是按旦本和末本来划分的。由男角主演的戏叫"末本",由女角主演的戏称"旦本",每本戏只有一个主角,全剧曲子一般都由他一个人演唱,其他角色一概不唱。如窦娥是《窦娥冤》中的女主角,全剧四折曲子都由她来演唱,这是一个旦本戏。这种一人主唱的形式,虽然有一定的局限性,但在当时却有一定的进步意义。它有助于集中刻画主要角色,能以大段唱词表现人物的激情和复杂的精神状态。如《梧桐雨》第四折,唐明皇思念横遭惨死的杨贵妃的幽恨离情,都在独唱中表达出来。元杂剧一般一本戏演出三个小时左右,这对演员的表演和观众的观看都比较有利。

元杂剧作为一门综合艺术,它的体制是很复杂的,还有诸如舞台美术、服装设计、乐队设置、舞蹈表演、人物化装,以及效果道具的安排运用等。这里就不一一介绍了。总之,经过剧作家和艺人们的通力合作,元杂剧艺术水平得到了全面提高,它的体制也逐步完善和定型。

元杂剧作为一定历史时期的产物,在艺术形式上又不可避免地要受到历史条件的限制,存在着局限性。如一人主唱,一本限定四折等。但元杂剧对中国戏曲发展的重大贡献是不可抹煞的。它以其独特的体制和鲜明的特征影响着后代的戏剧。今天,我们还可以从戏曲舞台上找到许多元杂剧留下来的痕迹。作为新的文学样式的元杂剧,在中国文学史上独树一帜,改变了诗歌、散文独霸文坛的局面,取得了与唐诗、宋词并称的崇高地位,为我国古代文学艺术的发展开拓了新的天地。